文春文庫

ハートフル・ラブ

乾くるみ

文藝春秋

目次

ハートフル・ラブ

夫の余命

二〇二〇年七月四日

巻浦(まきうら)市民病院は十二階建ての本館と、八階建ての西館と東館、五階建ての駐車場からなる総合病院で、病床数は巻浦市内で最大の六二〇床を誇っている。医師が約一八〇名、看護師は約七〇〇名。

西館と東館の屋上は一部、入院患者の日向(ひなた)ぼっこ用に開放されていたが、ヘリポートが設けられている本館屋上は基本的に、職員以外の出入が禁止されていた。階段室から外に出るには暗証番号の入力が必要だったし、エレベーターはＩＣＵのある十階と直通のものがひとつあるだけで——それでも稀に入院患者や見舞客などがうっかり迷い込むことがあるという話だった。

わたしの場合はうっかりではない。自分の意志で本館の屋上に出たのだ。地上ではさほど感じなかった風が、この高さになるとびゅうびゅうと吹き抜けてゆく。南に五百メートルほど離れた市街地の中心部には、タワーマンションなどの高層建築物がいくつか目に付いたが、近隣ではここがいちばん高い場所だった。

貴士さんとの思い出の場所は他にもいくつかあった。最初のデートで訪れた大悟山公園。初めて一夜を共にした二本松通りの彼のマンションの部屋。式を挙げた八郎苑。そして新婚生活を始めた谷山町のマンション。二本松通りのマンションは次の入居者がいたら入れなかっただろうが、その他の場所には自由に訪れることができたはず。

でもわたしはこの病院を選んだ。ここが最後の場所だったからだ。

一ヵ月半前――五月十六日、わたしたちの愛は永遠に失われた。

「時原貴士さん。復唱してください。新郎となる私は、新婦となる田ノ本美衣を妻とし、富めるときも貧しきときも、病めるときも健やかなるときも――」

死が二人を別つまで――「誓いの言葉」のその一節が、わたしたちには重かった。一年前に式を挙げたとき、死がすぐそこまで迫っていることが知らされていたのだ。挙式の時点で余命半年と言われていたが、死がわたしから貴士さんを奪うまで、結果的に十ヵ月以上を要した。だから諦めなければ――もうちょっと頑張れば、子供だって授かっていたかもしれない。

貴士さんを失った今――二度と彼と愛し合うことがなくなった今、わたしは虚しいだけの存在になり果てていた。実体のない追憶だけが、ふらふらと彷徨っているような状態だった。

本館の屋上は床面が二層に分かれていた。中央のヘリポート部分の四囲(しい)を、それより一メートルほど低い回廊状の床が取り巻いていて、その外側を高さ一メートルの鉄柵がぐるりと囲っている。階段とエレベーターの出入口のある建屋だけが一ヵ所高くなっていたが、それ以外の部分の最高点、回廊部分の鉄柵とヘリポートの床面の高さが揃えられている。そうすることでヘリの発着がより安全になるという配慮なのだろう。ヘリポートの床面を高くするほうが一般的だろうが、ストレッチャーを運ぶにはエレベーターまで平らなこの構造のほうが便利なはずだ。

回廊部分の幅は二メートル弱といったところか。わたしは屋上に出てすぐに、五段の短い階段を下った回廊部分に下り立った。ヘリポートの床面からたとえ足を踏み外したとしても、一メートル下のこの回廊に落ちるだけで、鉄柵のフェンスを越えて外に落ちることは絶対にない。そういった意味での安全対策はいちおう講じられている。あと屋上への出入り自体も制限されているせいか、飛び降り自殺対策などは特に考慮されていないようだった。

一メートルというフェンスの高さはちょうど良く、見晴らしは最高だった。南に巻浦の市街地が一望できた。遠くには巻浦漁港が、さらにその先には海が見えている。

最後にこんな素敵な光景を見せてもらえるなんて……。

できることなら過去に戻りたい。彼と共に過ごした時間の流れの中に。
わたしは思い切って鉄柵の手すりの上に立ち、そして大空に向かって飛んだ。地上との距離に、みるみる加速がついてゆく。
その瞬間――。
追憶はついに奔流となって――新しいものから古いものへと逆順に――わたしの中を駆け抜けた。

二〇二〇年五月十六日

容態が急変したその日。

緊急事態宣言が解除されて初めての週末ということで、両家の家族がたまたま集まっていた。貴士さんの両親がいる。わたしの母と妹もいる。彼らにとってはそれが幸いした形だったが、わたしはできることなら平日のほうが良かった。最期のお別れは、わたしと貴士さんの二人だけのときにしたかった。

でも仕方がない。一昨日でも昨日でもない、今日が、定められた運命の日だったのだ。

ベッドを囲む四人の隙間(すきま)から、貴士さんの顔がわずかに見えている。目を開けていたが、その瞳(ひとみ)は虚(うつ)ろで、何の感情も読み取れなかった。

看護師の一人が慌てた様子で医師を呼びに走ったので、最期の時が近づいているのがわかった。駆けつけた医師によってベッドの脇のスペースがさらに一人ぶん塞がれる。この病棟における医師の仕事は、救命ではなく鎮痛、そして今回のように、死亡の確認が主たるものだった。

貴士さんの口がわずかに動いたように、わたしには見えた。この期に及んで、何か大事なことを言おうとしているのではないか。わたしは出来ることなら、彼の口元に耳を寄せてその言葉を聞き取りたいと思ったが、その願いが叶うことはなかった。看護師の一人がわたしの腕をがっちりと摑んでいる。

誰もが押し黙って最期の時を待っていた。病室内は異様なほど静かで、ドラマなどでよくあるような、心電図モニターの音などもここにはない。

長い時間、脈を取っていた医師が、ようやくその手を離した。人工呼吸や心臓マッサージなどの救命処置をしなくてもいいことを、改めて家族に確認する時間があり、ようやく宣告が下された。

「午後三時五十分、ご臨終です」

その瞬間を迎える覚悟は、はるかな昔から出来ていた。そのつもりだった。

でも現実は、幾度となく繰り返したシミュレーションとはいささか異なっていた。

金縛りにあったかのようにその場から動けなくなったわたしの代わりに、なぜだかわたしの妹が、貴士さんの身体に縋り付いて噎び泣いていた。

そうか。妹も貴士さんのことが好きだったんだ。

世界から現実味が急激に失われてゆく中で、わたしはぼんやりと、そんなことを考えていた。

二〇二〇年四月九日

知らない間にうたた寝をしていたらしい。

いつもの脳神経外科入院棟の個室である。部屋の中央に据えられた患者用のベッドの他に、付き添い家族用の仮眠ベッドも、一メートルほどの間を空けて設けられていて、この仮眠用のベッドが、簡素な造りなのに、なぜかわたしの身体にはフィットした。実家の布団よりも新居のベッドよりも、この病室の、しかも簡素なほうのベッドの寝心地が何より最適で、わたしを深い眠りへと誘い込む。

目が覚めてすぐにわたしは、自分が病室に一人きりでいることに気づいた。

貴士さんは——どこ？——今は何時？

ベッドサイドに置かれたテレビ台兼用のワゴンで、現在時刻を確認する。夜七時半を少し過ぎていた。

貴士さんは——トイレだろうか？　いや、個室備え付けのバスルームの引戸は開けっ放しで、中は真暗だった。

わたしが焦りまくって——それなのに何もできないまま——五分ほどが経過しただろうか。不意に病室のドアが静かに開いて、貴士さんがゆっくりと入ってきた。仮眠用のベッドの上に起き直っているわたしをすぐに見つけて、にこっと微笑みかける。

「心配させた？　ごめんごめん。寝てるのを起こすのも悪いなと思ったんで、こっそり出て行っちゃった。どうやら小康状態が続くなと思ったんで、今のうちに、緩和ケア病棟の見学を済ませておこうと思って。小島さんが今なら大丈夫って言ってくれたんで……。向こうの婦長さんにもご挨拶してきたよ。近々移りますんでよろしくお願いしますって」

別の病棟の見学には、入院患者の晩御飯の片付けも済んで看護師たちの手が空く、この時間帯が適切だったのだろう。

「どうだった」とわたしが訊ねると、

「うん。想像していたのと違って、全体的に穏やかな印象だったよ。ほとんどが癌患者だって話だったけど、鎮痛剤が効いているのか、叫んだり唸り声をあげたりするような患者さんはいなかった。みんなおとなしくベッドで寝ているだけで、あれならここと同じように休めるだろうし——あと、個室もあるって言ってたから」

「個室は見てこなかったの？」

「うん、今はどれも塞がってて。でもすぐ空くだろうとは言ってた」

緩和ケア――いわゆるホスピス病棟である。すぐに空きが出るというのは――そういうことなのだろう。

貴士さんは疲れた様子で、患者用のベッドの隅に腰を下ろすと、

「あと、美衣とも前に話し合ったことのある、尊厳死の話だけど――あの、生命維持装置を繋ぐか繋がないかっていう話ね。あれも向こうに伝えておいたから。前に話し合ったときとは違って、今は新型コロナの治療で人工呼吸器が病院全体で不足しがちだという条件も加わってるけど、それも考えた上で、延命措置は必要ありませんって、夫婦でちゃんと話し合って決めましたって伝えてきた。……あとで正式な書類を持って、向こうの人がここまで来るみたいだから、美衣も自筆で署名してもらうことになると思うけど――それでいいよね？」

改めてそう確認を迫られると、自分たちの決定に不安を覚えてしまう。自発的な呼吸を失ったあと、そして正常な脳波が停止したあとも、生命維持装置に繋いでいる間は患者の死を先延ばしにできる場合がある。肉体は死なず、ときには手足の不随意運動が家族を喜ばせたりもする。しかしその状態を永遠に続けることはできない。いつかは必ず、残された家族の責任において、装置のスイッチを切らなければならない。その期間に得

られるもののよりは、失うもののほうが多いのではないか。だったら最初からそんな装置には繋がないでほしい。わたしも夫の主張に納得して、そんなふうに割り切れたはずなのに——いや、そんなふうに割り切れること自体が、冷たい性格に由来しているのでは？　普通はそんなふうに簡単には割り切れないものなのではないか？

「うん。さんざん話し合って、決めたんだもんね」

いろいろ考えた末に、わたしがそう言うと、貴士さんが大きな溜息（ためいき）をひとつ吐いて立ち上がった。

わたしには隠しているつもりだろうが、彼が小島さんを意識しているのはバレバレだった。普段の服のままで良いはずなのに、今日はわざわざスーツのズボンを穿（は）いていた。ウエストの部分に自然と目が行ってしまった。ベルトに絞られて、縦皺（たてじわ）がたくさん寄っている。ベルトを外したらそのままストンとズボンが脱げてしまうのではないか。

また一段と痩（や）せたみたいだ。

新しいズボンを買わないと——そう思いつつも、わたしは同時に、どうせ新しいズボンを買っても、それを穿いた彼の姿はもう見られないだろうと、もはや半ば以上諦めていた。

二〇二〇年三月十七日

午前中の早い時間から、何となく、脳神経外科の病棟全体がざわついているような感じがしていた。

大部屋だったらもっと早く情報が届いていたかもしれない。わたしたちは個室に入れさせてもらっていたので、たぶん入院患者の中では最後のほうに知らされた組だったのだろう。

午前の回診に姿を見せたのは、酒匂(さこう)先生ではなく大村(おおむら)先生だった。後ろについている看護師さんは小島さんで、いつもどおり変わらない。

「えー、時原さんにもお知らせしておく必要があるでしょうから言います。本日より、担当医が酒匂部長から私に交替しました。今までも検査のときなどに顔は合わせてきましたし、改めて自己紹介をする必要はないと思いますが、とりあえずよろしくお願いします」

貴士さんは大村先生のことを、ぼんやりとしか憶(おぼ)えていないようだった。わたしのほうがたぶんしっかり憶えている。

「ではいつものように、問診と簡単な検査を行います。ベッドに寝たままで結構です」

「酒匂先生はどうされたのですか？」

やはり貴士さんもその点が気になるようだった。小声で、大村先生ではなく小島さんに聞いている。

小島さんも囁き声で答えた。

「それが……。今朝、ご自宅で、亡くなられているのが見つかったんです」

「えっ」と思わず声が出た。すかさず、「小島くん」と大村先生が叱責したあと、しょうがないなあという感じで喋り出した。

「死因は心不全とのことです。医者の不養生というやつでしょうか。苦しまずに亡くなったみたいだという話だったので、その点は――まあ、そうですね」

最後のほうで言葉を濁したのは、余命わずかの患者が目の前にいることに気づいたからだろうか。

検温や血圧測定などひと通りの検査が終わって、大村先生と小島さんが病室を後にしたところで、わたしは貴士さんに話し掛けた。

「酒匂先生のほうが先に亡くなられるなんて……」

「まだそんな歳じゃなかったよな？　見た感じ、六十代前半ぐらいで」

「わたしたち、どうなるのかしら……」

わたしがそう呟くと、貴士さんは、きょとんとした顔を見せた。

「担当医が変わっても、余命の計算が変わるわけじゃない。毎週ＭＲＩで腫瘍の大きさは確認してるんだ。もうとっくに限界を超えている。いつ血栓が出来るか、あるいはいつ呼吸中枢が押し潰されるか——毎日毎日がギャンブル状態なんだ。それは大村先生が担当医になっても変わらない」

「そんなふうに言わないで……」

わたしが泣きそうな気持ちでうつむきかけたとき、病室のドアがゆっくり開いて、先ほど大村先生と一緒に立ち去ったはずの小島さんが入ってきた。

「びっくりしました？　ごめんね、ここだけ情報が遅くて」

小島さんはわたしと貴士さんを等分に見て——いや、どちらかというと貴士さんと目が合う時間のほうが長いように思えた。

「次の部長さんは？　さっきの大村先生？」

貴士さんが訊ねると、小島さんは待ってましたという口調で、

「順番的にはそうなるはずなんですけど、大村先生はまだ経験不足という声もあって——その場合にはだから、どこか外部から人を連れてきて部長の椅子に座らせるという選択肢もあるみたいです」

医局内の人間関係について五分以上語ったところで、ようやく満足したらしく、

「それじゃあ、仕事があるんで、また——」

最後は明らかに貴士さんにだけ挨拶をして、小島さんは病室を出て行った。

わたしはワゴンの冷蔵庫から水のペットボトルを取り出すと、ひと口飲んで気を鎮めた。

二〇二〇年一月二十八日

午後六時過ぎに帰宅した貴士さんが、玄関のドアを閉じてすぐ声を掛けてきた。

「おっ、いい匂い。魚だね」

「今日は和食にしてみたの」

匂いに誘われるようにダイニングキッチンに顔を見せた貴士さんに、わたしは微笑みかける。

「美衣のご飯が食べられるのが一番なのはもちろんだけど、僕は店屋物でもほか弁でもいいんだよ」

「普通の新婚家庭と同じことがしたいの」

最後にブリにもう一度火を通し、みそ汁を仕上げてから、ダイニングテーブルに献立(こんだて)を並べる。

「こうやって、二人だけで普通に過ごす時間が、どれだけ貴重だったかを、後で思い返す日がきっと来るとわかっているから、一日一日を大切にしたいね」

わたしがそう言うと、貴士さんも深く頷いてくれた。

貴士さんの「ごちそうさま」はいつも早い。食べる量が少ないからだ。去年の年末あたりから、ご飯の量をさらに減らしてほしいと言われて、わたしよりも盛る量が少なくなった。もちろんお代わりをすることはない。服のサイズがどんどん変わるので、二ヵ月に一回のペースで数万円ぶんの服を買っている。

わたしも少し遅れて「ごちそうさま」をした。二人でリビングに移動する。

「そういえば、うっかり忘れてたんだけど、ちょうど一週間前かな？　去年の一月二十一日が何の日だったか、美衣は憶えてる？」

何だろう？――と一瞬考えて思い出した。

「余命一年って言われた日！」

「そう。先週がその一年後だった。もう一週間が過ぎている」

「酒匂先生の予言が外れたのね！」

わたしが場を盛り上げようとしてそう言うと、貴士さんは冷静に、

「いや、そういうことじゃないと思うんだ。あの時点では漠然と『一年』という言い方をしたけど、誤差はけっこうあったわけで、それよりもここ最近のＭＲＩの結果から推察されている数字のほうがより重要で正確だからね。そっちはあと二、三ヵ月という言い方をされている。僕は酒匂先生のことは信頼してるんだ」

「わたしも信頼はしてるよ」

わたしの追随に、わかっているよと二度ほど頷くと、

「あの先生はとにかく説明が上手い。三ヵ月ぐらい前にしてくれた脳腫瘍の説明、憶えてる？」

そう前置きして、貴士さんは酒匂先生がかつて話してくれた説明を繰り返した。

脳腫瘍は脳にできる癌である。もともと厄介なのは——胃癌と比べればわかり易いんだけど、胃癌はお腹を開いて胃が見える、癌が見える、癌と正常な細胞の境目がこのへんかなーって円を描いたとき、ギリギリのところを切るんじゃなくて、かなり余裕を見て、大きく切り取ってしまう。そうすると癌細胞は全部切除される。残った胃の両端を縫い合わせて小さな胃ができる。あとは人間の再生能力の出番で、正常な細胞は胃が小さくなっちゃったのを悟って頑張って細胞分裂して、やがて胃は元の大きさに戻る。癌細胞はひとつも残っていない。これで癌が完治できる。

癌というのは死ななくなった細胞で、細胞分裂を永遠に繰り返す。人間の細胞はもともと細胞分裂を繰り返すように設計されているが、受精卵が胎児になり、赤ちゃんが子供になり、十代が二十代になるまではそれでいいとしても、ずっと細胞分裂を繰り返していたら身長が二メートルになり、四メートルになり、倍々ゲームがそんないつまでも続いては困るので、細胞単位で新陳代謝を繰り返す。細胞がある程度の年数を経て寿命

を迎えると、分裂しなくなり、死んで材料だけが残る。その材料を使って近くの若い細胞がまた分裂をして、細胞単位で新陳代謝が行われる。それが正常な細胞の働きなんだけど、癌細胞が一個できると、本当に倍々ゲームが始まってしまう。

癌細胞が集まったのが悪性の腫瘍である。真ん中の癌細胞しかない部分では、細胞分裂の材料が手に入らないので倍々ゲームは止まっている。でも外側では倍々ゲームが続いて輪郭がどんどん大きくなる。このときお団子（だんご）のように綺麗な形のまま膨らんでいけば切除も簡単なんだけど、境界上では正常な細胞と入り乱れて輪郭がぼやけてくる。だから切除が難しい。ここまで切れば全部取れただろうと思っていても、切り取り線より向こう側に癌細胞が一個でも残ってしまったら、またそこから倍々ゲームが始まってしまう。これを癌の再発と言う。

胃癌の場合は正常な細胞をごそっと余分に切ることによって、再発を防ぐことができる。ところが脳腫瘍の場合は同じようにはできない。まわりの正常な細胞はそれぞれ何らかの機能を請け負っている。腫瘍を切除するときに再発を防ぐために正常な細胞を余分にごっそり切り取ってしまうと、その正常な細胞が担当していた脳の機能が一緒に失われてしまう。半身不随になるか、失明するか、記憶を失うか——脳腫瘍の場所によって、どんな障害が現れるかは異なるものの、とにかく今まで正常だった脳の機能が何らかの形で損なわれることは必至である。脳の手術をして何らかの障害が残ったら、それは成功とは言えない。障害の発生をなるべく少なくするために、正常な細胞と癌細胞の境目ギリギリを切り取ろうとしたら、今度は再発が必至になる。

　だから悪性の脳腫瘍の場合、手術は最初から再発を覚悟の上で、腫瘍の内部を削り取るだけで、正常な細胞は絶対に傷つけないようにするしかない。でも時原さんの場合には、腫瘍が脳の内部にあって表面に接してないので、その手術さえもができない。胃癌だったらお腹の皮を切り開いて胃にアクセスして、このへんが癌だって部分をごっそり切除できるけど、脳の場合は頭皮を剝がし頭蓋骨に穴を開けて、そこに見える大脳皮質の表面に患部が無かったら、もうどうしようもない。脳の表面をメスで数センチ切り開いたその先に腫瘍があるとわかっていても、その数センチは正常な脳の神経線維が詰まっている場所だから、切り開いちゃいけない。そこをメスで切ったら大事な配線がブチブチブチッと切れてしまうわけだから、脳の縫合がもし可能だったとしても、それで数千万本の神経線維が元通りに繋がるわけではない。切ったらオシマイなんだから。

　だから時原さんの場合は、腫瘍を手術で削ることがそもそも場所的に無理なので、あとは薬と放射線を使って少しでも先延ばしにするしかないんだけど、それさえも承知していただけないのは——。

「残りわずかな人生を、延命治療の痛みや苦しみ、あと髪が抜けたりする副作用を受け入れて、そのぶん少しでも長く生きようとするか、それとも普通の生活を送りたいか

「――」

「わたしは普通の新婚生活がしたかった」

「僕もそうだった。だから後悔はしてない」

そう言って微笑もうとした貴士さんの表情が、急に怪訝なものに変わり――一切の動きが止まった。

まるで電池が切れたロボットのようだった。人間がこんなふうに動作を停止することがあるのか？

おかしい――おかしい――貴士さんがおかしい！

わたしは目の前が真っ暗になった。

その後の記憶は一切ない。誰が一一九番に連絡したのだろう。貴士さん？　それともわたし？

ともあれ、次に憶えている場面は、すでに巻浦市民病院の脳神経外科病棟の個室の中だった。

そしてその個室が、以降の生活の中心の場となり、谷山町のマンションの新居は、ときどき着替えなどを取りに行くだけの場所となった。

食卓で話題にしていた「普通に過ごす時間」を、その日のうちに失ったのだ。

二〇一九年十一月二十八日

何でもない一日。居間でくつろぐ二人。

「ねえ、久しぶりに――しない？」

「いや、体調は――良さそうだけど。でも油断してると――」

「いやなの？」

わたしの声に悲しそうな気持ちが込められていたからだろう。貴士さんはふと真剣な顔になった。

「たとえば僕が、美衣以外の女性としたいと思った場合、どうする？」

「どうするも何も――」

「僕たちは新婚四ヵ月だ。普通だったらそんなことは考えない。結婚生活も三年目に入ったとか、それぐらいになって初めて浮気だ何だというような話になる。普通だったらね。……でも僕たちは普通じゃない」

わたしはその後を引き継いだ。

「なぜなら余命が宣告されているから。結婚式の時点で余命半年と言われて――もうそれから四ヵ月も過ぎてしまったから、今はもうあと二ヵ月で死ぬと言われているから。……だったらその二ヵ月間ぐらい我慢できないの？」

「もちろん我慢できるよ。でもそれでいいの？　僕たちの結婚生活は、もっと時間を圧縮して味わうべきなんじゃないかって、最近思うようになってきて。普通の人が結婚生活の中で経験することを、自分も経験しておかなきゃ損だって思ったりしない？」

「妊娠出産とかは思うけど――」

「でもそれは最初に諦めたよね。だからって他のいろんなことも諦めることはないんじゃないか。僕が浮気して、美衣も僕じゃない誰かと浮気する。ダブル不倫だって、お互い承知の上でするぶんには傷つかないし、死ぬ前に一度は経験しておきたいと思ったっておかしくないだろ？」

貴士さんはそれでちゃんと理屈が通っていると思っているらしい。

やはり結婚は束縛を意味するのだろうか。

わたしは彼に残された時間を一緒に過ごすことで、何かを与えられるものだと思っていた。

実際には逆で、わたしは彼から時間を、自由を奪っていたのだ。

そう、結婚を望んだのもわたしだった。わたしが――わたしだけが、相手を独り占めにしたいと思っていた。

残された時間を二人で一緒に過ごすことが、お互いにとって幸せになる最良の選択だと、少なくともわたしは思い込んでいた。

わたしのほうは、彼以外の男性と寝ることに興味などカケラもない。でも貴士さんはわたし以外の女性にも興味があるみたいだ。

そう、彼が心から望むのであれば、自由にしてあげるのもひとつの手だろう。

ただ「浮気」や「不倫」という形をとるのは許せないという想いが、自分の中にはあった。

「だったら——離婚してからにして」

結婚はわたしのワガママだった。それは常に自覚しておかなければ。

「ごめんよ、変なことを言い出して」

すると貴士さんは、優しくわたしの肩を抱いた。

「もう迷わすようなことは言わない。最期のときを迎えるまで、僕たちはずっと一緒だ。後悔なんてしてないし、これからもしない」

近いうちに必ずこの結婚生活は終わりを迎えるとわかっているからこそ、ときにはワガママな一面を見せたりもするけど、やっぱり貴士さんはわたしにとって、自慢の夫だった。

そしてわたしは、世界一恵まれた妻だった。

二〇一九年七月十四日

わたしは貴士さんと並んで、会場より一段高い高砂席に着いていた。彼の両親の希望で、昔ながらの披露宴の形を取っている。

わたしもそれでいいと思っていた。わたしたちの場合、変に奇を衒った形にはしないほうが良い。

一度は諦めた結婚披露宴が、ついに現実のものとなったのだ。夢のような心地だった。余命とにらめっこをしつつ、何とかプロポーズの四ヵ月後には開催することができた。すべてが急ピッチで動いてくれた結果だが、それでもわたしたちの結婚生活は、あと半年ほどで終わりを迎えることが定められている。

あと半年——砂時計の砂は、確実に落ち続けている。

会場を見渡すと、出席者は若い人が多かった。両家の家族や親族を除くと、貴士さんの学生時代の男友達と、わたしの会社関係の知人がほとんどを占めている。新郎側の友人知人は、ほぼ全員が貴士さんと同じ二十七、八歳だろう。会社の上司や先輩といった人たちはいない。

貴士さんは結婚を決めたあと、勤めていた会社を辞めてしまったのだ。残りわずかな時間を、仕事などに費やすよりも、わたしと二人きりの時間に使いたいと思って、決断したのだと言っていた。半分でもその言葉に彼の本心が含まれていたのだとしたら、わたしにとっては最高のプレゼントだった。

わたしも今回の件を機に、大学を中退することになった。ただしミミファの仕事は自宅で――二人の新居で、今までどおり続けることができるので、それだけは心底有難かった。ミミファの経営は相変わらずの好調で、地方からの需要も厚く、今年に入ってからも新店舗を二つ、福岡と新潟のデパートに出店している。そんな急成長中の株式会社の重役をしているわたしの収入だけで、二人の新生活が充分に成り立つことは、計算するまでもなく明らかだった。

ミミファは四年前、わたしたちが女子高に在籍中に作った会社なので、スタッフはほぼ全員が女性、しかも同じ女子高の同級生だったり後輩だったりする。だから今日の新婦側の出席者にしても、下は高校在籍中の十六歳のモデルから、上はわたしと同じ二十一歳まで、かなり幅の狭い年齢層に集中していた。

新郎側の友人と新婦側の友人。年齢的にもちょうど釣り合いが取れているし、今日の出席者からカップルが誕生してもおかしくはない。そうなってくれたらいいなと思いつつも、でもそうなったら半年後にきっと訪れるであろう悲報に、そのカップルも巻き込んでしまうだろうから、だったら最初からカップルなど成立しないほうがいいか――などと勝手な妄想が広がる。

貴士さんの友人代表が余興を披露し始めた。屈託のない馬鹿騒ぎを見る限りでは、おそらく脳腫瘍のこと——余命宣告のことは知らされていないのだろう。わたしもミミファの仲間たちには基本的に、まだそのことを告げていない。ただし巴(ともえ)と未唯(みい)にだけは伝えていた。それは会社の経営に関することだから。巴は社長だし、未唯は共同デザイナーの分身だし、何よりわたしの親友だから。

ただの結婚だけなら、デザイン画の質と量が落ちることなど許されない。でもその新婚生活が半年で終わりを迎えると決まっていた場合には——彼との生活を最優先にすることも許されてほしい。

「それではここで、新郎新婦はお色直しのため、いったん中座させていただきます」

貴士さんとわたしが立ち上がる。和装はいろいろ問題が多かったので、わたしたちは最初から洋装で、お色直しも洋装から洋装に着替えることになっていた。貴士さんがいま着ているモーニングは、衣装合わせから一ヵ月間で彼が痩せてしまったので、披露宴開催の一時間前に急遽(きゅうきょ)身体に合うものを用意させたのだった。お色直し後の衣装は代用品が無く、お針子(はりこ)さんが一時間あれば衣装を詰めて間に合わせると言っていた。その作業が何とか間に合ったのだろう。

わたしが新婦控室のソファに腰を休めたとき、廊下から女性スタッフの話し声が聞こえてきた。

「知ってる？　今日の新郎さん。中川（なかがわ）さんが衣装を詰めた服の人。あの人、実は余命わずかなんだって」

「はえ？　マジで？」

「そうだって。心臓の病気で、あと一ヵ月とか二ヵ月とか」

「あれー。花嫁さんもそれを承知で？」

「そりゃ承知してるでしょ。私が知ってるくらいだもん」

「そりゃそうか。だけどえらい決断だわなそれって。あたしだったらどうするか」

「あんたはそもそも相手がおりゃせん」

「だな。……あっと、お疲れさまです」

別のスタッフが通りかかったらしく、雑談はそこで終わった。

式場のスタッフの間で噂（うわさ）が広がっている。どちらかの親族が情報を洩らしたのだろう。しかもその情報がいろいろ間違っている。テキトーすぎる。せめて本当の、正しい情報を仕入れた上で、憐（あわ）れむのなら憐れんでほしい。

怒りよりも悲しみのほうがはるかに強かった。

いけないいけない。今日はわたしの――そして貴士さんの晴れ舞台。

最後まで笑顔で乗り切らなくちゃ。

二〇一九年三月十四日

スプリングコートの中には厚地のセーターとスキニージーンズ。ファッション的にはピンクのマフラーを追加したいところだったが、先週押入に仕舞ったばかりだったのでそれは諦めた。

外出は約一ヵ月ぶりだった。貴士さんとは電話とメールで連絡を取り合っていたが、彼の言葉には決まって「忙しい」が含まれていた。「今週はちょっと忙しくて」「今までにない忙しさで」「忙しいのは年度末ってだけじゃなくて他にもいろいろあって」——電話はすぐに切られてしまう。そのぶんメールは文字数が多くなったが、わたしが知りたい内容は書かれていなかった。

わたしたちもう終わりなのかな——でも、だとしたらホワイトデーに最後の約束を入れる？

宙吊りな気分のまま、約束の時刻の十五分前には待ち合わせ場所の、ホテルのロビーに着いていた。

ほどよい暖かさの中、ふかふかのソファに身体を預けて人を待てるのはありがたい。知らない間に少しだけうとうとしていたようだった。身体を揺り動かされてハッと目を覚ますと、目の前に貴士さんの顔があった。

「お待たせ。まさかうたた寝してるとは思わなかったけど」

「あーもう。また変なところを見られちゃった」

「直接顔を合わせるのは久しぶりだね。部屋を取ってあるんだ。行こう」

どうやら別れ話ではないらしい。彼の態度といい準備の良さといい、期待しないほうがおかしいだろう。

エレベーターの中でキスをした。部屋に入ってからは自然とベッドに横並びになって座った。

「実は会社を辞めることにしたんだ。でも辞めますって言ってすぐに辞められるわけじゃなくて、引き継ぎっていうのがあって、それでこの一ヵ月間、ずーっと忙しかったんだ。嘘じゃない」

貴士さんの表情はいつになく真剣だった。それもそうだろう。男の人が、本来なら定年まで勤め上げるはずの会社を辞めたのだ。わたしは事の重大さに息が詰まる思いがした。

彼は続いて鞄の中をごそごそと物色し始めた。

「はい。まずはチョコレートのお返し。中は普通のクッキーのはずだけど。いちおうそういう日だから」

ラッピングされた状態で売られていたものをそのまま買ってきました、というのが一目瞭然の、水色の包装に水色のリボンのかかったプレゼントを手渡された。

「で、本当に渡したいのはこっち」

続いて濃紺のベルベットに覆われた小箱を差し出された。わたしはこういう場合、男性が開けてから手渡すものだと思っていたが、貴士さん的には受け取った女性が開けるのが正解だったらしい。

わたしが開けると、中にはダイヤの指輪が収まっていた。

「僕と結婚してください」

貴士さんのその言葉は、わたしの全身を震え上がらせた。

「わたしでよろしければ」

わたしの返答の声は、たぶん性的に濡れていただろう。

「だけど……どうせプロポーズするなら、もっと早く言ってほしかった。だって今から結婚式場を探して予約しても――その間にも、残り時間がどんどん無くなって行ってるし」

わたしの焦りは貴士さんにも伝わったようで、

「うん。……ごめん。ホワイトデーに拘ったのは、たしかに馬鹿だった。時間が勿体なかった。明日からは――いや今日からか。今日からはとにかく急ごう。なるべく早く式を挙げよう」

そう言って、部屋を出て行こうとするので、

「今日はここで泊まっていこうよ。だって……一ヵ月ぶりだよ」

わたしは彼のスーツの腕を摑んで、ベッドに押し倒した。

二〇一九年二月十七日

すぐ近くにオレンジモールができたからか、アルイカム五階のフードコートは以前よりだいぶ空いていた。日曜日の昼過ぎ。家族連れの姿は少なく、そのぶん若いカップルが穴場として利用している感じだった。

わたしと貴士さんも、傍目にはそういうカップルの一組に見えていただろう。ただし仲睦まじいようには見えていなかったはず。わたしたちは三日前のあの話題を、改めて蒸し返していたのだから。

「やっぱり残り時間が少ないほうが、ワガママを言ってもいいと思うの。わたしは」

三日かけて考えた結果、わたしはやはりその結論に達した。

「僕もこの三日間、自分なりに考えてみたんだけど、やっぱり意見は変わらなかった。後に残される側の人生を考えると、たとえば結婚とかでより深く結びついたらそのぶん、相手を失った悲しみはより深くなる。大きな喪失感を抱えて生きてゆくのはやっぱり大

変だと思うんだ」

「だとしても生き残ったぶんだけマシと思わなきゃ。もう後がない人に全部与えて、与えきったと胸を張って言えるまで尽くすことができたら、喪失感だけじゃなく一種の達成感もあって、それが残りの人生を生きてゆく糧になるというか――」

「あれ？　タノミーじゃん。すげー久しぶりー。こんにちは初めまして」

マクドのセットを載せたトレイを胸に抱えて現れたのは、二能巴だった。ご丁寧にミミファのパーカーを羽織っている。貴士が「誰？」と目で聞いてきたので、

「わたしの高校時代の後輩で、二能巴ちゃん。あのミミファの女社長」

「二能でーす」

「こちらはわたしのフィアンセ？　になるかならないかを今決めている、わたしの彼氏の、時原貴士さん」

「時原です。ミミファ？　聞いたことがあるな。何だっけ？」

「えーっと、何か大変なときにお邪魔しちゃった？　どうしよう」

「とりあえず座って」

わたしは自分の隣の椅子に巴を座らせた。偶然を装ってくれているが、場所と時間を伝えて彼女に来てほしいと頼んだのはわたしである。

「えーっと、ミミファは、いま人気急上昇中のガールズブランドです」

貴士さんは巴が説明するより先に、自分のスマホで検索したらしい。

「あーっ、このロゴマークか」

彼が見ているのは、正方形の枠線の中に等間隔に三本線が引かれていて、上下の枠線とあわせて五線譜が出来ている中に、四分音符で高いミ、高いミ、低いファの三音が描かれたマークのはず。

「これですね」

巴が自分の着ているパーカーの胸のロゴを指差すと、貴士さんが「そう、それそれ」と首を縦に振る。

「タノミーは――ごめんなさい。田ノ本美衣を略してタノミー。もう一人、坂本(さかもと)未唯って名前の先輩もいて――タノミーからすると同級生か。そっちはサカミーって呼ばせてもらっているけど。それでタノミー先輩は、彼氏さんには言ってなかったんですか？自分がミミファの経営陣の一人だってこと。私は社長だけど、サカミーとタノミーもデザイナー兼副社長で、会社の株も二割ずつ持ってるってこと」

「うん。言ってなかった」

「……渋谷の109にも、あと原宿にも店を出してるんだ」

「それは一号店と二号店。今は全国に八号店まであります。おっと、じゃあ私はお邪魔虫にはなりませんよっと。二人水入らずでご歓談ください。それではまた」

わたしが前もって頼んでおいたことだけを話すと、すばやく席を立って行ってしまった。

二〇一九年二月十四日

普段は週末だけに限られているが、こういう特別な日には、無理にでも会いたいと駄々をこねて、ようやく実現したデートの日。

平日の夜なので、会えるのは会社を上がったあとの、わずかな時間だけだった。

「いつもお仕事お疲れさま。はい、プレゼント」

病み上がりの身体で無理して会ってもらって、本当に感謝している。まずは手作りのチョコを手渡すと、

「ああ、うん。ありがとう」

「どうしたの？　嬉しくない？」

「いや、嬉しいんだけどさ。でも……これって、やっぱり言うべきかな？」

「何？」

せっかくのバレンタインデーなのに——何か雲行きが怪しくなってきた。

「僕たち——別れるべきなんじゃないかな」

えっ！　という叫び声は何とか抑えた上で、

「何で？　どうして？」

聞き返しながら何となく悟っていた。このタイミングでこういう話を切り出すのは、やはり余命宣告の一件が絡んでいるのだろう。

「あれから僕なりにいろいろ考えてみたんだ。残りの一年をどうやって過ごすべきなのか。愛する人と一緒に過ごすのが一番だって、普通は思うかもしれないけど、でもそれって、余命わずかと言われた側のワガママでしかないじゃん。その願いに応えた相手はじゃあどうなるのかって考えたら、一年間尽くすだけ尽くして、でも愛情を注いだ相手は一年後には亡くなって、自分一人だけが残される。そのときの喪失感の大きさは、胸に空いた穴の大きさであって、一定サイズ以上の大きな穴が空いたら致命傷にだってなりかねない。でも今すぐに別れたら、別れて一年後に昔付き合っていた相手が亡くなったと聞かされたとき、可哀想だなとは思うものの、胸に空いた穴は小さくて済む。それが後に残された側にとっては最善の結果に繋がるのかなって」

「でもそのために、余命わずかの人のほうが我慢をするっていうのは――」

「美徳を求めすぎかな？　うーん、そうかもね。恰好つけすぎ――やせ我慢――いろんな言い方があるけど、そういうのって日本人らしいじゃん。でもまだ悩んではいるんだ。もうちょっと考えてみるよ。ただ僕がいま、そんなことを考えているんだってことだけは、美衣に伝えておきたくって」

まだカップにたくさん残っているカフェラテには口をつけず、貴士さんは忙しない動きで店を後にした。

わたしは自分のブレンドコーヒーを飲み終わるまで、席を立たなかった。

二〇一九年一月二十一日

土曜の夜、ラブホテルで貴士さんが昏倒してから、すべてが目まぐるしく推移していた。

深夜零時過ぎから緊急手術が行われ、四時間以上に及んだ手術の間、外の廊下で彼の両親と初対面の挨拶を交したりもした。怒鳴りつけられるかと思ったが、むしろ謝られた。

わたしが大学の研修で習った応急処置が、どうやら役に立ったらしい。ラブホテルのロビーにＡＥＤがあって、従業員が気を利かせて持ってきてくれたのだ。救急車も電話してから三分ほどで到着した。わたしは全裸にガウンを羽織っただけの恰好で救急車に同乗した。

日曜日の未明に手術は無事終わったが、貴士さんは一日中ずっと寝ていた。わたしはいったん家に戻って服を着替えてから再び病院に戻った。彼のご両親はわたしの付き添いが無くても大丈夫だと、やんわりと断りを入れてきたが、わたしは貴士さんが本当に無事かどうか信じられなかったし、命に別状がないというのが本当だとしても、彼が目を覚ます瞬間にはその場にいたかったので、もう一晩付き添いをさせてほしいと無理を言った。

自分では気づいていなかったが、土曜日の朝に目を覚ましてから日曜の深夜まで、四十時間ほどの間、一睡もしていなかった。食事も最後に摂ってから丸一日以上抜かしていた。

トイレの個室で便座に腰を下ろした瞬間、記憶が途切れ、次に目を覚ましたときには月曜日の午後で、わたしは入院患者用の服を着てベッドで寝ていた。

目を覚ましたわたしに、母と妹が代わる代わる声を掛けてきた。

「大丈夫？　痛いところはない？」

「お姉ちゃん、私のことわかる？　お母さんのことわかる？　今日が何月何日かわかる？」

「うん、大丈夫。ちょっといろいろあって、疲れがピークに達してたんだと思う。トイレで座った途端、気を失ったみたいに寝ちゃったみたい。あなたは田ノ本萌絵（もえ）。今日は一月二十日——じゃなくて二十一日か。半日ぐらい寝てたのかな？」

ベッドサイドのワゴンの時計が二時台を指していた。窓の外が明るいので昼の二時だろう。まさか数日後とかじゃないよねと思って確認すると、

「ああよかった。お姉ちゃん、どこも悪くなさそう。本当に疲れが溜まって寝ちゃっただけなのね？」

「だと思う」

すると母もホッとした表情で、

「もー、心配したんだから。脳神経外科って聞いてビックリしちゃった」

「え？　心臓外科じゃないの？」

そんなことを話している間に、わたしが意識を取り戻したという情報が医局に伝わったのだろう。酒匂先生がそこで病室に姿を見せたのだった。

「こんにちは。田ノ本美衣さん。脳神経外科医の酒匂と申します。あなたが眠っている間に、勝手ながら私たちで脳の検査をさせていただきました。お母さん、妹さん――ご家族はお二人で全員ですか？」

「はい。夫はすでに亡くなっていて、家族は私と娘二人だけです。あ、あと夫の母親とその親族が――美衣たちからすると祖母や伯父さんや従兄弟（いとこ）にあたる人たちですが――遠くに住んでいます」

「親族まではいいでしょう。ご家族がお揃いということで、今この場でお伝えしますが

——その前に美衣さん、痛みや手足のしびれや記憶障害など、何かおかしいなと思うことはありませんか？」

「いえ、先ほど母や妹からもいろいろ質問をされましたが、特に何も——」

「そうですか。まあ今のところは大丈夫だろうとは思っていましたが。ですが美衣さん。あなたは脳の中にちょっと厄介なものを抱えています」

「やっ——」

母が何かを言いかけて口を噤んだ。

「ＭＲＩ検査というもので発見されました。あなたの脳には、鶏の卵ぐらいの大きさの腫瘍があります。悪性の腫瘍です。悪性なのでどんどん大きくなっていきます。しかも位置的に、手術で取り除くことができません。根治ができず、ただ進行を遅らすことしかできません」

「手術ができない？　治せない？　だとすると？」

母も妹も揃って何も言葉を発しないので、わたし自身が質問をするしかなかった。

酒匂先生は深刻な表情でひとつ頷くと、

「視神経交差の近くにあるので、発作の兆候として、眼球からの情報が一時的に遮断され、目の前が真っ暗になったり、ごく稀にですが、遮断される前に届いた情報が視覚野に残り続けて、パソコンの動画がフリーズしたときのように見えたりすることもあるようです。できる限りの治療は行わせていただきますが、それでもあと一年、生きられるかどうかという、とても厳しい状況です」

貴士さんの救急搬送と手術から一昼夜半が経過し、彼はすでに死の危機から脱したが、今度はわたしが、余命一年という宣告を受けることになったのだった。

ふたたび二〇二〇年七月四日

病院の屋上を囲む鉄柵の手すりから、わたしは大空に向かって飛び立った。

現在から過去に記憶を遡るように、貴士さんとの結婚生活が、プロポーズの場面が、そして余命宣告を受けたあの日の情景が、わたしの中を駆け抜けた。

長い時間が経過したようにも思えたが、実際にはほんの一瞬だった。それでも十二階の高さから見ていたときとは違って、地上ははるか遠くに小さくなり――やがて白く霞んで消え去った。

わたしがいるのははるか上空、ではなく、宇宙でもなく、別の世界だった。数学的にはありえないことだが、地上の風景は地球の裏側まですべて均等に下方に見えていた。

わたしと同じ地平には、地上の肉体から解放された魂が、無数に存在していた。わかりやすいように、すべての人が生前の最後の外見を保っている。どの時代のどの国の人かがおおよそ判断できる。人数に直すと何十億人という人の魂が存在していて、そのどれもが均等に、詳細に見て取れる。

　見知った人を自然と探していたのだろう。すべての魂と等距離でありながらも、酒匂先生の魂がいちばん近くに感じられた。

「なるほど。今日が亡くなられて四十九日後ということですか」

「はい。現世への執着、煩悩（ぼんのう）から解き放たれました」

「でも私の余命宣告より、四ヵ月ほど長生きされた」

「死んだら最終的にこうなるんですね」

「私も知らなかった。それにしても、私の方が先にここに来るなんてね」

「夫はどうですか？　いつここに来るかわかります？」

「どれどれ。時原貴士さんでしたね。おや、いまは法要中ですか」

　わたしも酒匂先生の真似をして地上を見下ろした。どこでも同時に見ることができる。貴士さんの姿はすぐに見つかった。先生の言うように四十九日の法要の真っ最中だった。お経を唱えつつ、ときおりわたしの妹とアイコンタクトを取っている。見る人が見れば、二人の怪しい関係はバレバレだった。左の手首には金色の腕時計が光っていた。ロレックスなど山ほど買ってもびくともしないほどの遺産を、彼はわたしから受け取っているはずだ。

「私が最初にお見かけしたときは、体重が百キロを超えていましたよね？」

「百十二キロでした」

「それが今では七十キロ前後とお見受けします」

「心筋梗塞で死にかけたのがよっぽど怖かったんでしょうね。あれからずっとダイエットを続けてきて、一年半で四十キロ近く落としました」

「うーん。前の体重のままだったら、六十歳まで生きられない可能性がけっこうありましたが、今では痩せてより健康になりましたからねえ。八十代後半まで生きられそうですねえ」

「だとすると夫の余命は――」

「あと六十年ほどですか。それを待ちます？」

「いいえ、貴士さんに対する執着が、つい先ほどまではものすごくあったんですが、ここに来てみたらそんなのどうでもよくなってしまいました」

すると酒匂先生は、それは良かったと言って、カッカッカと豪快に笑った。

同級生

1

最寄りのバス停から徒歩で二分ほど。

スマホの地図アプリを見ながら歩を進めていた夫は、辿(たど)り着いた高層マンションを見上げて「あ、ここか」と小さく呟(つぶや)いた。

「知ってる建物？」と訊(たず)ねると、

「あ、うん」となぜか言い淀んだあと、アプローチの脇の植込みのあたりをじっと見つめながら「ずっと前に一度だけ来たことがあって。っても中には入ったことはなくて、外を通り過ぎただけなんだけど」

ふう、と大きく息を吐くと、スマホを持った右手の二の腕で額の汗を拭(ぬぐ)った。

駐車スペースに停められた乗用車のガラス窓に太陽光が反射して、ギラギラと輝いている。

エントランスの手前で私たちはもう一度建物を見上げた。自然と溜息が出る。タイル壁のどこにも汚れが見られなかったので「新築？」と聞くと、夫は黙って壁の一点を指差した。見ると『定礎　平成4年8月』と書かれた石板が嵌め込まれていた。平成四年といえば一九九二年。今から二十三年前。私たちが七歳のころに建てられたビルか。それにしては綺麗だった。手入れが行き届いている。

ガラスドアの手前にはオートロックの操作盤があったが、夫はそれを無視して、手にしていたスマホで電話を掛けた。

「あ、もしもし。俺。板倉。いま着いたんだけど。下に。うん」

ガシャンとロックの外れる音がして、

「あ、開いた。サンキュー。じゃあ後で」

建物内に入ると、共用部分もエアコンが効いていて、うだるような暑気から解放された私たちは、思わず笑顔を見交わした。

メールボックスの並ぶ廊下を奥に進み、突き当たりを右に曲がるとエレベーターホールだった。ボタンを押すとすぐにドアが開いた。ケージに入り『13』と書かれたボタンを押す。

「最上階なんだね。すごーい」

「稼いでるみたいだからな、あいつ。露骨に羨ましがるなよ」

「わかってるって」

十三階のホールはわずか三畳ほどのスペースしかなく、ドアは左右の端にそれぞれひとつきり。最上階をたった二戸で占めている、その片方が、小林直道の新居であるらしい。１３０１号室のインターホンのボタンを押すと、スピーカーから「どうぞ、開いてるよ」と声がしたので、夫がドアを開け、私もその後に続いた。

玄関ホールの壁には天井まで届くシューボックスが設けられていたが、来客たちの靴は三和土に脱いだままにされているようで、スニーカーと革靴とハイヒールが並んで置かれていた。私たち夫婦の靴がそこに加わっても、足の踏み場はまだ充分に残されていた。その広さが羨ましい。

夫は靴下を履いていたが、私は夏なので生足だ。廊下の白くてつるつるした床板が足裏にひんやりと心地よい。

突き当たりのドアを開けると、二十畳ほどのだだっ広いＬＤＫだった。

「いらっしゃい」

ダイニングテーブルには男子が二人並んで座っていた。小林直道の他にあと一人――誰だっけ？　咄嗟には名前が出てこない。二人とも右手に握った缶ビールを高く掲げて、すでにご満悦の様子だった。

「ご結婚おめでとうございまーす」と名前のわからないほうが言い、

「そうそう。おめでとう」と小林くんも同調する。

「そっちこそ、すごいじゃん。アニメはもう始まってるんだっけ？」と夫が言うと、

「もうじき。十月から」

何年ぶりで会ったのかは知らないが、いきなりそんなふうに会話が弾むのが、ある意味羨ましい。

「ねー、なっちと板倉くんもビールでいいんだよね？　ちょっと待ってて」

キッチンで何やら忙しそうにしていた三浦香純が、フライパンの火を止めると、冷蔵庫から缶ビールを二本取り出してこちらに持ってきてくれた。それを見て小林くんも、

「ささ、どうぞ座って」と私たちに着席を勧めてくれた。

ダイニングテーブルは四人掛けで、私たち夫婦が座るとそれだけで席が埋まってしまう。それを見越してか、香純はキッチンに戻って何やら料理を続けている。

「じゃあ、全員揃ったところで、とりあえず乾杯しましょう」

すでに顔を真っ赤にしている小林くんがそう言うと、夫が着席して缶ビールのタブを二本とも開け、片方を私に手渡してきた。私は立ったままそれを受け取った。

横に長いリビングルームの右奥には対面式のキッチンがあり、反対の左側の壁には腰高の窓があった。長辺をなす正面の壁には掃き出し窓が並んでいて、その向こうがテラ

スのようになっている。そこにも誰かがいることに私は気づいた。香純は今日集まるのが「たぶん五、六人」だと言っていたが、この六人で全員なのだろう。

「それじゃあ、三年三組のみんなの健康を祈念して、かんぱーい」

2

外が暑かったのと、ビールを飲むこと自体が実に久しぶりだったので、一口目でつい多めにごくごくごくと飲んでしまった。小林くんじゃないほうの男子がそれを見て、

「いやー、横山(よこやま)さん、最初から行くねー」

と言ってきた。そう、この人懐っこい性格。たしか男子からは『ラジ』という愛称で呼ばれていたことをその瞬間に思い出した。しかし私を含めた女子は普通に苗字(みようじ)で呼んでいたはずで、その苗字がまだ思い出せない。

「――あ、いや、そうか。今は板倉さんなのか。どう呼べばいいんだろ？　夏海(なつみ)さんだとちょっと馴れ馴れしすぎますよね」

「あ、だったら旧姓でいいです。横山で」

するとと小林くんが、愉快そうな口調で、

「オレのことも小林でいいから」

「あ、ペンネーム、何だっけ」と夫が即座に反応しつつ、また缶ビールを口に運ぶ。

「あの、これ、作ってきたんですけど」

私は強引に話に割って入った。テーブルに置いたトートバッグからタッパーを取り出して並べ、順に蓋(ふた)を開ける。

「お、サンキュー。やったー、ツマミが来たぞ」

「これ、温め直したほうがいいですよね」

そう言って、金目鯛(きんめだい)の煮つけの入ったタッパーを持ってキッチンに向かった。飲みかけの缶ビールを置いたまま来てしまったことを一瞬だけ後悔する。

「来たねー」と香純が小声で言ってきたので、

「何作ってんの？」と同じく小声で聞くと、

「青椒肉絲(チンジャオロース)と回鍋肉(ホイコーロー)と酢豚」

「え、中華？」

「まあ見てなさいって」

服と化粧から、彼女の気合の入り具合を感じた。

「婚活？」と聞くと「えへへ」と冗談めかして照れてみせたが、けっこう本気のようである。小林直道は、何とかというペンネーム（えへへ、忘れちゃった）で五年前に書いたデビュー作がずっと売れ続けていて、ついには累計百万部を突破し、今秋からのアニメ化も決まっているという、大ベストセラー作家様なのである。先々月のアニメ化決定のニュースの際にテレビ出演したことで、そういった情報も広まったのだが、それまでは同級生の誰もが、彼が小説家としてデビューしていたことさえ知らなかった。先月末に勤めていた会社を辞め、専業作家になるのと同時に、中古マンションとして売られていたこの部屋を購入して移り住んだのである。現時点での同級生の出世頭であり、香純が結婚相手として本気で狙っていたとしても私は驚かない。

私は三浦香純とは中学高校が一緒であり、高三のときの同級生で唯一、今でも連絡を取っている相手が彼女だった。二月の結婚式のときも、板倉とは同級生同士の結婚だったのにもかかわらず、高校時代の友人として私たち夫婦が招いたクラスメイトは、彼女がただ一人だった。

私がそうさせたのだ。

それくらい、私は高三のときのクラスに思い入れがなかった。五月のゴールデンウイーク明けに、私は不登校の味を覚えてしまったのだ。授業に出たくなければ出なくてもいいんだと、自分を甘やかしていた日々。ただし留年も中退も嫌だったので、三年生なのに二月と三月に登校したりして、何とか出席日数は確保して卒業することはしたのだが、みんなと一緒に授業に出たという記憶もあまりないし、修学旅行も体育祭も休んだので、同級生の集まりに出るのがおこがましいという気持ちがどうしても拭いきれない。

それではいけないといって香純が今日の集まりに私たち夫婦を招いてくれたのだが、彼女自身にもこういう集まりを企画するメリットのようなものがあったのだとすれば、私としても多少は気が楽になる。

「――じゃあ、高校時代には付き合ってなかったんだ」とラジくんの大声がキッチンまで届いてきて、

「そうそう。去年の夏休みにバッタリ再会して。そこから交際がスタートしたんだよね」と夫が説明をしている。それは本当の話だった。高校時代の私は、同級生の男子など、はなから相手にしていなかった。付き合うんだったら大学生か社会人。香純もそれは同じだったはずである。

十六歳で処女のままではダサい、十五歳の間に捨てておかなければ、という空気が、私たちが中三のときにクラスの女子の間で流れていた。できるだけ早く大人の階段を上がることが当時の私たちには求められていたのだ。ただし処女を捨てるにしても相手がキモオタのロリコンとかではもちろんダメで、イケメンの大学生とか、お小遣いをたくさんくれる二十代のサラリーマンとかでなければならなかった。私は早生まれだったので、その時点で十六歳まであと一年ほどの猶予があり、そうした焦りはあまり感じていなかったのだが、四月生まれの香純は相当焦っていたようで、高校受験の本番直前に、処女を捨てたと優越感まじりに私たちに報告したのである。本当だったかどうかはわか

らない。

　高校に進学するとその立場が逆転した。処女という切札を持っていたほうが、女としての価値が高いという認識に、私たちはようやく思い至ったのである。私は一時期、香純に対して優越感を抱いていた。でも結局は、不登校の時期に私が夜遊びを覚えてしまったので、高三の一学期の時点では、二人の不均衡は解消されていたのだが。

　今はどうだろう。三十歳になる前に、私は結婚をすることができた。板倉の勤め先は、メガバンクではないものの地銀ではトップクラスと評されている地元の銀行で、将来は安定している。見た目もなかなかのイケメンで、性格も明るくて優しくて、世の女性が理想とするタイプからそうは外れていないと、私は秘かに自慢に思っている。

　対して香純は、現時点では三十歳にして独身。ひと昔前の言い方をすれば「負け組」である。

　でも、もし彼女が小林直道と結婚することにでもなったら——年収が何千万円だかのベストセラー作家の妻という地位に、もし彼女がなったとしたら、私との立場はまたしても逆転してしまう。

　まさか高三のときの同級生で、板倉以上の男が現れようとは思ってもみなかった。だからといって、自分が結婚を早まったとまでは思わない。小林直道との結婚生活は、わたし的には考えられないことだった。まずは顔がダメである。不細工ではないものの、生理的にどうしても受け付けられない……。

「どうしたの？　それ、温めるんでしょ？」

　気がつくと香純が不思議そうな顔をして私のことを見ていた。慌てて、

「レンジ、使っていい？」と香純に確認してから、タッパーごと電子レンジに入れて煮物を温め始めると、

「いいよ、なっちは向こうに戻ってても。後でわたしが持ってくから」

「じゃあお願い」

　香純の女子力アピールの邪魔をしても悪いと思って、私は素直にダイニングテーブルの男たちのところまで戻ったが、席には着かずに、

「外に出てもいい？」と聞いてみた。

「バルコニーに？　俺もさっき出てみたけど、外はやっぱり暑いぞ」と名前のわからない男が言う。

「こいつは暑さを感じないんだ」と夫がテキトーなことを言っているのを無視して、私は飲みかけの缶ビールを片手にサッシ窓を開けた。途端にむっとする熱気が室内に流れ込んできて、私は男たちに何か言われるより先にと素早く外に出て、慌てて窓を閉めた。

太陽に灼けたコンクリートに足裏が焦がされそうになったが、サンダルが何足か無造作に転がっていたので、そのうちのひとつに足を突っ込んだ。

ルーフバルコニーと言うのだろうか。右手は隣家との境を高いコンクリート塀（べい）で仕切られていたが、正面と左手の囲いは胸の高さまでで、金属製のバーが上部につけられている。コンクリート製の床はリビングとほぼ同じ、二十畳ほどの広さがあったが、白い丸テーブルと椅子が二脚、窓のすぐ近くにぽつんと置かれているだけであとはガランとしていた。その白い椅子の片方に、最後の一人が腰掛けていた。

「こんにちは、横山さん」と挨拶（あいさつ）されたのに対して、

「こんにちは、鶴田（つるた）くん」

彼の場合には自然とその名前が口から出た。そんなに親しかった記憶はないのに。

彼があまりにも、高校時代の印象のままだったからかもしれない。外見的にはとても十二年の時が経ったとは感じさせない、その若々しさが、今の私にはまぶしかった。当時は格好悪いとさえ思っていた天然パーマの短髪は、今ではお洒落（しゃれ）な髪型に思えるし、腫（は）れぼったいとしか思わなかったその目元も、よく見れば黒目がちの可愛い目に見えてくる。

「中でみんなと飲まないの？」

「僕、飲めないんです」

「暑くない？」

「横山さんは？」

聞き返されて、自分が思っていたほど暑さを感じていないことに気づいた。熱気を薙(な)ぎ払うように、爽(さわ)やかな風が途切れずにそよそよと吹いている。地上からは三十メートルほどの上空になるのだ。そのぶん空が近い。私は上体を反らして青空を見上げた。そうすると一瞬、うなじに風が通ってことさら気持ちが良かった。

私は体質的にほとんど汗をかかない。夫は「美人は汗をかかない」と言ってよく褒(ほ)めてくれるが、自分で体温調節が上手にできないという危険性は認識している。だから他人の汗を参考にする癖(くせ)がついていた。見ると鶴田くんも汗はかいていないようだった。九月の直射日光が降り注いでいるのはたしかだったが、実際に温度を測れば、それほど高くはなっていないのだろう。

私は丸テーブルの椅子には着かずに、正面のコンクリート塀のバーに両肘を乗せて外の景色を眺めた。そちら側はタイル貼りの外壁が斜めになっていて、眼下に十二階と十一階のバルコニーが少しだけ見えていた。遠くを見はるかすと、百メートル四方には同じ高さの建物は見当たらなかった。気持ちのいい眺めだった。

気がつくと鶴田くんも隣にいた。二人きりだ。

不意にこんな時間が十二年前にもあったことを思い出した。

「鶴田くんも、不登校してたよね？　よく来たよね、今日」

自分のことは棚に上げて、ついそんな感想を洩(も)らすと、

「クラス会とかには出れなかったけど、今日はたまたま出れたから。やっぱり自分のこと、忘れてほしくないし」

私が珍しく登校しても、三年三組の教室にはたいてい空席がもうひとつあった。それが鶴田くんの席だった。ときには二人とも揃って登校して、クラスの席が全部埋まっていることもあり、同級生たちはそれを「惑星直列」と言って面白がっていた。

それなのに、どうして彼のことを、こんなふうにハッキリと憶えているのだろう。

「そうか。夏休みに一緒に補講を受けてたんだ」

思わず独り言が口をついて出た。一年間であれだけ休んだのを、二月と三月だけで埋めることはできなかった。一学期に休んだぶんは、夏休みにはすでに埋め合わせを済ませていたのだ。

誰もいない教室にならば登校することができる。そう思って足を踏み入れた教室には、天然パーマの鶴田くんがいた。お互いの存在を意識しつつ、会話を交わすことはほとんどなかったように思う。先生が用意しておいたプリントを二人がそれぞれの席で黙々と解いていた、あの夏の教室の記憶が不意に甦る。

苦い思いが胸の奥からこみ上げてきて、それを飲み下すように、私は缶ビールの残りを呷った。

缶ビールの一本目が空いてしまった。

ガラス窓のほうを振り返ると、外が明るすぎて室内の様子がほとんど見て取れないことに気づいた。ラジくんの笑い声だけが聞こえてくる。

「ビールのおかわり持ってくるけど、鶴田くんはいい？」

「うん。飲めないんで」

そんな会話をルーフバルコニーに残して、私は部屋の中に戻った。クーラーの効いた室内はやはり快適で、冷えた空気が火照（ほて）った肌を直接撫でてゆくのを感じる。

3

キッチンに行くと香純が最後の仕上げをしていた。

「手伝おうか？」

「うん。お皿を出してくれるとありがたい」

食器棚から適当なお皿を選んでカウンターに置き、それから冷蔵庫の扉を開けて中を物色した。今日のために用意してくれたのだろう、最上段には銀色の缶ビールがずらりと並べられている。他の段には肉やら野菜やら、生鮮食料品が種類も豊富に取り揃えられていた。

「この食材、香純が買ってきたの？」

「わたしが買ってきたのはこっち」と作業台の上のレジ袋を指差して、「わたしが入れたものもあるけど、ほとんどは元々入っていたもの」

「へえ、小林くんって料理するんだ」

よく見れば、使いかけの肉のパックや、ラップで包まれた野菜、煮物が入っているとおぼしきタッパーウェアなどが庫内に散見された。ついでに冷凍室も開けてみると、高級な黒毛和牛のパックが無造作に入れられていて、彼が本当にお金を稼いでいるんだなということが実感された。

ダイニングテーブルに戻ると小林くんが一人だけになっていた。窓の外を見ると、先ほどまで私と鶴田くんが並んでいたあたりに、今は夫とラジくんが並んで立っている。

「横山さん、ちょっと付き合ってよ」

小林くんに手招きされて、私は空いていた椅子に腰を下ろした。

私が缶ビールのタブを開けると思いのほかいい音がした。たまらず本日二度目となる最初のひと口を堪能（たんのう）する。専業主婦になってからはほとんど飲まなくなってしまったが、東京で会社員をしていた時代にはこれでもよく同僚と飲みに行っていたほうなのだ。未使用の割箸（わりばし）があったので箸を割り、自分で作って来た野菜のキッシュを口に放り込んだ。うん、いい味付けだ。

「オレさ、実は高校時代に、横山さんのこと——おわっ」

「お待たせー。中華三点盛りが完成しましたー」

三浦香純がキッチンからダッシュで皿を運んできた。小林くんの話題を察してのことだろう。私としてもその邪魔はある意味で有難かった。

「わたしも飲んでいいよね？」と香純が言うと、

「どうぞどうぞ」と小林くんが真っ赤な顔で何度も頷いた。

冷蔵庫まで行って戻ってくるまでの間に、続きを話されてたまるものかといった感じで、香純は、おそらくは夫が置いていったであろう飲み残しの缶を手に取って、小林くんと私に乾杯を強要する。

「かんぱーい。あー美味しい」

「香純、そんな飲み残しじゃなくて、新しいのを飲みなよ。持ってきてあげるからさ」

私は気を利かせて席を立った。わざとゆっくりめに行動して、冷蔵庫から新しい缶ビールを手に戻ってくると、すでに香純のアプローチは始まっていた。

「——当時は小説書いてたなんて知らなかったし」

「誰にも言ってなかったから」と小林くんは寂しそうな顔をして見せた。

「わたしもあのころって、男子のみんなの内面までは、気づかなかったんだよね」

すると小林くんは、悲しそうな表情をして、

「自分でも、将来こんなふうになるなんて思ってなかったし。男子高校生の内面なんて――もちろん個人差はあるんだろうけど、少なくとも僕の場合は、自分でも内面がどうなっているかなんて把握できてなかったし、そもそもそんなものがあったのかって思うよ。自分でもわからないものが、他人にわかるわけないでしょ。ようやく最近になってからだよ。自分で自分のことをわかるようになったのは」

「でも設計図みたいなのはあったんでしょ？　作家になりたいとか」

「あったけど、しょせんは子供の見る夢のレベルだからね。こうして実際に作家になって食べていけるようになったのが、いまだに信じられないんだ」

頃合いを見て缶を香純に手渡すと、片手でサンキューのポーズをしてからタブを開けた。彼女もお酒はかなり強いほうである。最初のひと口を、実に美味しそうに飲む。その姿が様になっている。むしろこっちの面でアプローチをしたほうがいいかもしれないとさえ私は思った。

香純を小林くんと二人きりにするつもりで、私は自分の缶を手に取り、ふたたびバルコニーへと出た。白い丸テーブルに着こうとしたところを、ラジくんに「ちょっと」と手招きされてしまった。彼と夫が何やら話し合っていた場に立ち会わされる。

「あのさ、横山さん、オザケンって憶えてる？」

「オザケン？　尾崎（おざき）くん？」

男子は「オザケン」呼ばわりしていたが、女子はたしか「尾崎くん」と呼んでいた。そういう生徒がクラスにいたことは何となく憶えている。しかし顔がまったく思い浮かばない。

「そう。飛び降り自殺をしたあいつ。あいつ、このマンションから飛び降りたんだって」

そのとき、ちょっと強めの風が吹いて、私は思わず髪を押さえた。

自殺した同級生——そういえば、そんなこともあったような気がする。私が夏休みの蓄えがあるからと、不登校を決め込んでいた二学期の最初のころに。そう、あれはちょうど今と同じ、九月の出来事だったのではないか。

「この、マンションから?」

聞きながら、腑に落ちることがあった。

そう。夫が先ほど、一度だけ来たことがあると言っていたのは、そのことに関連していたのだ。十二年前、学級委員長をしていた板倉は、おそらくはどこかの斎場で行われた葬儀に出席した帰りにでも、持ち前の義務感から、現場に寄ってみようと思ったのだろう。そしてあの植込みのあたりに、花束やら何やらが供えられているのを見たのだ。きっとそうだ。

遠い目をした夫が話を継いで、

「当時はニュースで、自宅は別にあるみたいなことを言ってたから、ここは自殺するために高い建物を探していて選ばれただけなんだろうって思ってたんだけど、でも今日になってみて考えてみると、おかしなことがいくつかあることに気づいたんだ。そもそもこのマンションはオートロック式だったし、とりあえず中に入れたとしても、共用部分にはエアコンが効いていて、つまりは廊下も階段も、建物内にあって外には出られないようになっている。じゃああいつは、どこから飛び降りたんだ？　落下地点は建物のこちら側だった。この下の植込みのあたりだ。でも見下ろすと、ほら、ここが十三階で、そこが十二階、その下が十一階で、あとは壁が垂直になってるんだけど、建物のこちら側にはバルコニーが並んでるだけで――要するにあいつは、階段の踊り場とかではなく、この建物のどこかの部屋のバルコニーから飛び降りたってことになる」

「でもそれって――たとえば、親が離婚していて、別居しているほうの親がこのマンションに住んでいたとか」

私が思い付きを口にすると、

「そう。そういう可能性は考えられる。たぶんそんなことだったんだろうと思う。俺がいま懸念しているのは、その部屋が、まさにここじゃなかったかってことなんだけど」

「いやいやいや」とそこでラジくんが割って入った。「さすがにそれはないんじゃないの。この斜面を見てよ。ここから飛び降りようとしても、そこの一階下の部屋のバルコニーに飛び込んじゃうだけでしょ。もちろん無理をすれば――たとえばあそこの端から外に出て、滑り台を滑るようにして落ちて行けば、それでも何とか飛び降りれないことはないだろうけど、だったらこっちのバルコニーからじゃなくて、リビングのあっちの窓から飛び降りればいいだけのことなんだし」

夫はしばらくの間、ラジくんのその説明を吟味していた様子だったが、

「だよな。やっぱり考えすぎか。同級生が自殺したこのマンションに、別な同級生が引っ越したもんだから、何だか運命的なものを感じちゃって」

そこで大きく溜息をひとつ吐くと、

「……いいか、この話、コバには言うなよ」

「もちろん。わかってるって」

とラジくんが言い、私も黙ったまま頷いた。

4

気がついたら二本目もいつの間にか空になっていた。缶を振って夫に合図したあと、

「新しいの取ってくるけど、ヒロくんもいる?」

本当ならラジくんにも聞くべきところだったが、彼の正しい呼称がまだ思い出せてい

なかったので、夫のほうだけを意識して見詰めていると、

「ヒロくんだって。うわー」とラジくんが囃し立てた。

「うるせーラジ。お前も飲むだろ」

「てーか、俺はもう中に戻るぜ。ついでに二本、持ってきてやろうか？」

「あ、お願い」と私が言って、彼が屋内に戻ったところで夫に聞いた。「ねえ、あのラジくんって、名前、なんだっけ？」

「あ、やっぱり思い出せてなかったんだ。新井だよ新井」

「あ、そうか。ラジエター新井」

私はよく知らないのだが、昭和の古い曲で、歌い出しの歌詞が「ラジエター洗い」というものがあるらしく（同級生の男子がよく歌っていたので、私もそこだけは歌える）、そこから新井くんのことをラジエター新井と呼ぶようになって、いつの間にか「ラジ」で定着したという経緯があったことを、ようやく私は思い出していた。

夫は家では私の不登校時代のことを慮って、高三のときの話題は極力出さないようにしてくれている。だから私の記憶は、十二年前に凍結されたままのものがいまだに多いのだ。

「ここからの景色、凄いよね」と夫が話題を変えるように言う。

「ホント、小林くん、出世したんだねー」

「市内が一望できると言っても過言じゃない。だってあの山、大悟山（だいごやま）だろ。あの鉄塔の下、あそこらへんが友泉寺（ゆうせんじ）の森で、だとするとあれ、あそこの赤い屋根——あれ、お前んちの実家じゃない？」

「えー、あ、ホントだ」

さすがに一戸建てまでは識別できないだろうと思っていたが、近所のランドマーク的な建物を目印にして範囲を狭めてゆくと、夫の言うとおりで、最後には赤い屋根の建物が特定された。

十八歳の冬。私はあの家から抜け出すために、大学受験を死ぬ気で頑張ったのだ。

名古屋での大学時代でも人間関係をこじらせた挙句、就職先は名古屋市内でも地元でもなく、東京都内に求めることになった。七年間の社会人生活でも職場に馴染（なじ）むことができず、結婚相手を高校時代の同級生に決めて地元に帰ることになったが、それでも新居は実家からなるべく遠いところにしてもらった。

私は今までの人生で、いったい何から逃げ回ってきたのだろう。

新しいビールが来るのが遅いなと思っていると、室内から新井くんの笑い声が聞こえてきた。ダイニングで話が盛り上がっているようである。

「俺たちも戻ろうか」

夫に背中を押されるようにして、私たちは室内に戻った。

「あ、わりーわりー。ついつい話し込んじゃって」

「いいさ。ビールは？」

「まだ取ってきてない」

そこにビールが用意されていたとしても、どうせダイニングテーブルの席は足りていない。私たちは冷蔵庫から新しい缶ビールを取り出したついでに、対面式キッチンのカウンター席に並んで座ることにした。

「ねえ、小林くん、この部屋でネコ飼ってる？」と香純の質問する声が聞こえてきた。

「うん。よくわかったね。……もしかしてアレルギーとか？」と小林くんの心配そうな声。

「ううん。それは大丈夫だけど。今日はどうしてるの？」

「別に、普通にそのへんにいるはずだよ。人見知りの性格だから、どこかに隠れちゃってるんだろうけど」

「ふーん、そうなんだ。名前は？」

「え、僕の飼ってるネコの？　いちおうトラだけど」

そこで夫が、離れた場所から会話に加わった。

「紛(まぎ)らわしいな。ネコなのにトラって。そういうの、ロジカルタイピングって言うんだろ」

「でもネコの場合、トラ縞模様の子に、よくそういう名前をつけることはあるから」

香純が小林くんの味方をすると、新井くんが面白がって、

「これでコバが飼ってるのが本物の虎で、名前がネコだったら面白いのになー」

「出た、じょじつトリック」

「言えてねーじゃん。叙述トリックだろ」

男二人で大笑いしている傍らで、香純はなぜか心配そうに、私のことを見詰めていた。

私はといえば、先ほどからキョロキョロとあたりを見回していた。鶴田くんの姿がどこにも見えないことに気づいたのである。トイレにでも入っているのだろうか。だとしても長すぎる。飲めないお酒を小林くんたちに無理やり飲まされて、気分が悪くなっていたりするのではないか。

夫もふとした拍子に、私の様子がおかしいことに気づいた様子で、

「どうした？　久しぶりのビールで飲み過ぎたのか？」と心配そうに聞いてきた。

「ううん、そうじゃないの。お酒はとっても美味しいし」

そう言って、本日三度目となる最初のひと口目をぐびぐびぐびと多めに飲んだ後、

「ただ、鶴田くんが、どうしちゃったのかなと思って」

私がそう口にした途端、室内の空気が凍り付いた。

微粒子レベルで時間が止まっている。そこで私は気づいたのだった。

鶴田くんのフルネームは鶴田研二くん。プロレスラーの名前に掛けてジャンボ鶴田と呼ばれるようになり、そこから今度はなぜかプロゴルファー絡みでジャンボ尾崎と呼ばれるようになって、最終的にクラスの男子からは「オザケン」と、女子からは「尾崎くん」と呼ばれるようになっていた。

渾名として別の苗字で呼ぶことは、世の中ではあまり一般的なことではない。ネコなのにトラという名前を付けるようなものだ。文脈がわからなければ、まさかトラと呼んでいる動物が実はネコであり、トラというのが固有名詞だとは普通は思わない。

私はそういった文脈を知らなかったので、鶴田くんは鶴田くんだと認識していた。自殺をした尾崎くんというのはまた別にいると思い込んでいた。いや、この十二年間でそう思い込むように、自分をコントロールしてきた。

その「鶴田くん」から、私は夏休みが終わる間際に、あの教室で、告白されたのだ。同級生の男子など眼中になかった私はその場で首を振った。二学期の最初の何日かは学校に行ったが、そのうちまたサボり癖が出て不登校を決め込んでしまった。

そしてあの土曜日。九月十三日の夜。香純からケータイに電話が掛かってきて、同級生の「尾崎くん」が飛び降り自殺をしたという一報を聞かされた。

私が振ったからだとは思わなかった。もともと不登校で悩みを抱えていたことは知っていたからだ。私の責任じゃないと思っていた。そう思い込もうとしていた。

ドアから見て左側の壁にある、腰高の窓のほうを見やる。新井くんの言うとおりで、あの窓から飛び降りるというもっと簡単な手はあったはず。でも彼はあのルーフバルコニーから――壁が斜めになったところを、下の階のバルコニーを避けるようにして、最後は滑り台を滑るようにして落ちて行ったのだ。

そっちから飛び降りれば、方角的に、最後の瞬間のその直前まで、私の住んでいる家が見えるから。

今日の鶴田くんがもし私にしか見えていなかったとしたら――私が妙にキョロキョロしている理由を考えて、小林くんがネコか何かを飼っていて、それを見掛けた私が探してでもいるように、香純には見えていたのだろう。

そう。今の鶴田くんにはビールが「飲めない」のは当然のことだった。同級会に一度も「出れなかった」けど今日の集まりに「出れた」のは、彼の動ける範囲に制限があったことを示している。いや、それは空間的なものばかりではなく、時間的なものも含まれていたのかもしれない。

今日はあれからちょうど十二年後の、九月十三日。十三回忌の当日だ。

だとしたら、いったいどこまでが本来の運命だったのだろう。

小林くんがこの部屋に引っ越してこなかったら、私はここに足を踏み入れることはなかった。そして彼の書いた小説がベストセラーにならなければ、小林くんは、中古といえどもこの部屋を買って移り住むことはできなかっただろう。

小林くんをベストセラー作家に押し上げるほどの力を、彼がもし持っているのならば。

「——私も幸せにしてほしいな」

誰にともなく（彼には聞こえてると信じつつ）、私はそっと呟いてみた。

カフカ的

1

チャイムが鳴ったので板書を中断し、「今日はここまで」と言って教科書を閉じた。《現代倫理》という表題が目に入ったところでふと考える。倫理学の知識はあるが実践がともなっていない私に、この教科を教える資格がはたしてあるのだろうか。

「きりーつ。れい」

クラス委員の号令に従って挨拶(あいさつ)を終え、教壇を下りたところで、

「先生、相本(あいもと)先生。質問があります」

退屈な授業から解放された直後だというのに、一人の女生徒が教科書を持って駆け寄ってきた。堂林萌子(どうりんもえこ)だ。

「人には生きる権利があるって、仰(おっしゃ)ってたじゃないですか」

「ええ。少なくとも人間が決めたルール上では、そうなっています。サメとかは守ってくれてませんけど」

質問に応じながら、私は歩を止めずに廊下に出た。萌子も並んでついてくる。

「だったら死ぬ権利は？　自分が好きなときに死ぬ権利があってもいいんじゃないでしょうか」

いかにも若い子が思いつきそうな理屈だった。私自身も高校生のとき――もう十年経つのか――同じようなことを考えていたのを思い出す。

幸い廊下に出ている生徒はまだ少ない。私は足を止め、萌子に向き直って最小限の声で答えた。

「誰にも迷惑をかけなければ、あるいはね。でも自殺って、想像以上に大勢の人に迷惑をかける行為だから、社会的に認められていないんだと私は考えてます。ビルからの飛び降りとか電車への飛び込みとかは、無関係の人が巻き添えになったって、よくニュースとかで目にするし、接触事故がなかったとしても、目撃者のトラウマだとか、後片付けをする人の迷惑とかを考えてないよね。自分がそっち側の立場に立たされたら、とても嫌な思いをするだろうに。だから場所とか方法とかの問題がまずあって、見知らぬ人への迷惑はどうにか回避できたとしても、家族や知人に与えるであろう影響はどうにもできない。たとえば高校生が自殺をした場合には、いじめがあったとかなかったとか、いろいろ問題がほじくり返された結果、学校の担任が責任を取って辞めさせられたり、家族や友達が自殺を止められなかったことで自分を過剰に責めたりして、大勢の人の人生を捻じ曲げてしまう可能性があります」

「こっちは死んでいるのに、生きている人への配慮も必要だってことですか？」

こっちって言っちゃダメなのに。まだまだ未熟だなと思いながら、

「うん。たとえばね——これは人から聞いた話なんだけど、大好きな芸能人に握手してもらって、今が人生で一番幸せだからっていう理由で、その日のうちに自殺しちゃった子が昔いたらしくて、本人はそれで満足だったかもしれないけど、家族や友達がどう思うかを考えてないし、何よりその自殺がニュースになって、自分が大好きだったその芸能人に迷惑をかけるであろうことについて、配慮がまるで足りてない。自分のことしか考えてない。そういう身勝手な考え方がエスカレートすると、自殺する前にどうせなら会社の金を横領して豪遊してやろうとか、あるいは死に際にできるだけ大勢の人を巻き添えにしてやろうって、歩行者天国に車で突っ込んで行ったり、あと外国の場合は実際に自爆テロとかもあったりするし——やりたい放題やっておいて自分は責任を取らずに死んじゃいましたっていう、立つ鳥跡を濁さずの逆で、立つ鳥跡を濁しまくりの、一種の勝ち逃げパターンが成立してしまうんだけど、そんなのは社会的に許されることではありませんからね」

「許されないって言われても、実行してしまった者の勝ちだから、余計に嫌がられる？」

「そう。自爆テロとかの極端な例を除いても、自分の好きなタイミングで死にたいっていうのは、一部の人だけが望む行為なので、ぜんぜんお互い様にはならなくて、一方的に他人に迷惑をかけるという点では犯罪と同列に考えられるんだけど、処罰の対象にしたくてもそれができない場所に逃げ込んでしまうぶん、より悪質だという考え方もできる」

「なるほど。教科書的にはとても納得できる答えでした。ありがとうございました」

堂林萌子は頭を下げて教室に戻って行った。なかなかの美少女で、たしか成績も学年でトップクラスだったはずである。病気にでもならない限り、長く生きれば生きたぶんだけ人生を楽しめるタイプで、自分でもそのことはわかっているのだろう。

それでも概念としての死をもてあそびたくなるのだ。気持ちはわからないでもない。私自身がそうだったから。

深淵（しんえん）のない人生を過ごしている者は幸いだ。深淵が、見えてはいるけど避け続けている人もいる。

私は最初、抗（あらが）うすべもなく深淵の縁に引き寄せられ、その中を覗（のぞ）き込んでしまった。以来、自分の人生の高さを見失うたびに深淵の縁に立ち戻っては、その絶望的な深さとの対比で、いま自分がいる場所の高さを再確認するということを繰り返してきた。

「羨ましいですな、相本先生」

背後から不意に声を掛けられ、振り向くと隣の教室から出てきた数学教師がそこにいた。生徒たちは陰でデホーと呼んでいる。俳優のウィレム・デフォーを知っている人には由来を説明するまでもない。顔がそっくりなのだ。

「あ、いえ」

「授業が終わった後に、生徒から質問されるなんて。私にはとんと縁のない話です」

「年齢が近くて話し掛けやすいというのもあるかもしれません。この学校で下から三番目ですから」

「いえいえ。私が先生ぐらいの年齢のときにも、生徒たちは寄って来ませんでした」

「あとはほら、教科も違いますし。数学と社会科だったら社会科のほうがまだ、とっつき易いと言いますか」

そんなふうに会話をしながら、廊下を一緒に歩くことになってしまった。並んで歩いている間、私は憂鬱な気分が表情に出ないように努めなければならなかった。職員室の自分の席に戻ったときには、溜息をそっと吐いたほどである。悪い人ではないのだろうけど、とにかく顔が苦手なのだ。

逆に顔さえ美しければ、中身なんてどうだっていいという気持ちもある。船村桔次がそのいい例だった。

新宿にある《エイトポイント》という、学生時代からたまに利用していたバーで、初対面の男に話し掛けられることは多かったが、私のほうから話し掛けたのは彼が初めてだった。それだけ船村の顔の造りが美しかったのだ。半年前の、一学期の期末テストの採点が終わった日の出来事である。

そういうバーで一人客に話し掛けるのは当然、下心があってのことで、彼は私の誘いに気安く応じてくれた。その日のうちにホテルに入り、私たちは身体（からだ）の関係を持った。

お互いの仕事の都合もあって、逢瀬（おうせ）の頻度は月に二回程度と少なかったが、これほど濃密な時間が過ごせる相手と出会えたことに、私は感謝していた。

「僕と付き合っている間は、ああいう店には行かないでくれ」

私は喜んでその提案に従った。他の男で隙間（すきま）を埋める必要はなかった。彼が私を独占しているように、私も彼を独占している。そう思っていたのに……。

先月初めに過ごしたホテルの部屋で、クリスマスの予定を尋ねた私に、彼はこう答えたのだった。

「んー、それはちょっと。クリスマスはさすがに、家を空けられないかな」

私にとっては不意討ちとも思える台詞（せりふ）だった。三十代半ばの彼が、まさか両親と一緒に過ごしたいという意味で言っているとも思えない。確認したところ、彼は既婚者であることを即座に認めた。

「黙っていたのは申し訳なかったが、君がそういうことを気にするとは思ってなかった」

三年前に取引先の専務から紹介された女性と、三ヵ月の交際期間を経て入籍したのだという。子供はいない。

「だからクリスマスだけじゃなく、年末年始も君とは一緒に過ごせない。次に会えるのは、だから一月の、中旬あたりかな？　ちょっと間が空いてしまうけど、また僕のほうから連絡を入れるから」

そうして決まった新年初デートの日付が、まさに今日だった。

自分でも意外なことに、妻帯者だと知った今でも、彼に対する私の気持ちに大きな変化はなかった。

いつも冷淡な彼だけど、今夜ばかりは、この一ヵ月間のブランクを埋める特別な何かが欲しかった。デスクの抽斗（ひきだし）からスマホを取り出して確認すると、船村からの新着メールが一通届いていた。はやる気持ちを抑えつつ文面を確認すると、

《急な仕事の予定が入ったので今夜はダメになった。また後日。連絡する。》

死ねばいいのに。

2

いったんは自宅マンションに帰ったものの気持ちが収まらず、夜遊び用の服に着替えて新宿行きの電車に乗ったのが午後八時過ぎのこと。

久しぶりに《エイトポイント》に行こうと決めていた。今日はナンパされに行くわけではない。アルコールと音楽があり、馴染みの店員がいて、人のぬくもりが身近に感じられる場所を、身体が本能的に求めていたのだ。

心の中では雑多な感情が渦巻いていた。船村桔次に対する罵詈雑言。失望。現状を打破したいという思いと、それでも彼との関係を続けたいという葛藤。半年ぶりに行く店が以前と変わっていないことを祈る気持ち。等々。

しかし電車が三駅目で停車した際に、そうしたすべてが吹っ飛んだ。滝井玲奈が、会社の同僚と思しき男女二人と会話しながら乗り込んで来たのだ。

最後に顔を合わせたのは何年前だろう？　高校卒業以来ということは、約十年前か。

「――たぶん順番どおりに並べてくれているだろう、とかじゃなくて、そこは自分でも念のためにチェックしておけば、今回のミスは防げたんだよね。五分とか十分とかの手間を惜しんだ結果が、こうして二時間かける三人で、六時間の無駄に繋がったことを……」

車内の混み具合を考えて、いったんは会話を途切れさせたものの、ドアが閉まって電車が動き出した途端、玲奈は小声で話を再開させた。

「ひとを信用しなければ作業が進まない場合もあるし、そういうときは仕方ないにしても、五分十分で済むような場合には、安易にひとを信用しないほうがいいんじゃないかな」

「たしかに、滝井さんの仰ることもわからなくはないんですけど――」

男性のほうの同僚（というか後輩？）が反論を始めた。滝井という固有名詞が出たので他人の空似ではないと、聞き耳を立てていた私は確信する。

「――チェックして問題がなかった場合、そのチェックにかかった十分は、他人を信用しなかったせいで時間を無駄にしたと言えるんじゃないでしょうか？　六回チェックして問題がなかったら一時間の無駄。三十六回チェックしたら六時間の無駄。結局は――」

「それは違うでしょ」と滝井玲奈がピシャリと言う。「チェックして問題がなかった場合、チェックにかかった時間はただの無駄じゃないの。品質が確認できたから有意義な時間として考えてほしい。あと三十六回もチェックし続けるのはたしかに時間の無駄だけど、そうじゃなくて、五回十回とチェックして問題がなかったら、そろそろ信用してもいいかなって途中で切り替える柔軟性も同時に持ってほしいの」

「……わかりました」

男性が納得したところで二人の会話は終了した。もう一人の女性社員は一言も発していない。玲奈に話し掛けるなら今がチャンスと思われたが、彼女に連れがいるせいで、思うように声を掛けられない。

そんなもどかしい思いで玲奈のことを見詰めていたら、不意に彼女が顔をこちらに向けた。

たしかに目が合った。しかし次の瞬間、彼女の顔に浮かんだのは「誰?」という表情だった。

彼女が目を背けるのと同時に、私も視線を逸らした。そのまま見続けていたら不審者と思われかねない状況だったから致し方ない。

どうして気づいてもらえなかったのか。十年前と今とで、私の見た目はさほど変わってはいないはず。他のクラスメイトならいざ知らず、玲奈なら私のことを見忘れるはずがないし。

そこでようやく思い出す。そういえば滝井玲奈には一卵性双生児の妹がいるという話だった。

そっちのほうだったか。話し掛けなくてよかった。髪の生え際にじわっと変な汗が浮かんだ。

二駅ほど先で三人がまとめて降りたのでホッとしたのも束の間、ドアが閉まる直前に彼女が一人で乗り込んで来るのが見えた。かなりの混み具合の中、彼女は人の間を無理やり通り抜けて、私の正面に立った。先ほどの非礼を問い質されるのかと思いきや、

「久しぶり」

囁き声でそう言ってニコッと笑ったのは、双子の妹などではなく、滝井玲奈本人だった。

「なんだ、本人か。双子の妹がいるって聞いてたから、そっちかと思って」

玲奈はふふっと鼻で笑うと、

「さっきは連れがいたからね。説明するのが面倒だと思って、他人のふりをしちゃった。今日は？」

「予定が入ってたんだけどドタキャンされちゃって」

「ちょうど良かった。ご飯ぐらい付き合ってもらおうって思ってたんだ。次の駅で降りよう」

車両の中では会話を続けられそうにないので、降りてみたはいいものの、そこは二人ともに馴染みのない駅で、とりあえず見つけたファミレスの看板を頼りに、私たちは束の間の居場所を定めた。

「よく考えたら、こうして二人でご飯するのって、初めてですよね？」

「それどころか、面と向かってこうやって会話するのさえ、ほぼ初めてだと思う」

「正直、どう呼んだらいいか迷ってる。滝井さん、かな？」

「メールで呼んでくれてたように玲奈って呼び捨てでいいよ。わたしも真弥(まや)って呼ぶから」

滝井玲奈は私の高三のときのクラスメイトで、当時の私を精神的に支えてくれた親友でもあった。といっても教室でリアルに言葉を交わすことはほぼなかったので、私と玲奈が実はメル友だったということを知っている同級生はたぶんいないだろう。メル友といっても、彼女とのメールのやり取りは、携帯電話ではなく、すべてパソコンで行われていた。

哲学好きが集まるインターネット上の同じ掲示板に、二人がともに出入りしていたのがきっかけだった。私が当時使っていたハンドルネームと書き込みの内容を見て、もしやと思ったのだという。会員制の掲示板で、登録時にメールアドレスも必須(ひっす)だったので、会員間でのメールのやり取りができたのだ。

《木目ラモンさんこんにちは。掲示板ではいつもお世話になっています。貴賤胞子です。間違ってたらごめんなさい。木目ラモンさんって偕稜高校三年二組の相本真弥さんですよね？

合ってても間違ってても返信ください。わたしは同じクラスの滝井玲奈です。》

まさかあの小憎たらしい「貴賤胞子」が同級生の滝井だったとは。突然届いたそのメールに、最初はどう反応していいかわからなかった。翌日には本人と顔を合わせるのだから、ここでスルーしても仕方がない。教室で話し掛けられるよりはまだマシだと思ったので、正直に《当たりです》と返信したところ、

《掲示板ではお互い無理をして背伸びをして見せているところがあると思うので、メールでは等身大の自分を意識して正直な気持ちをぶつけ合ってみませんか？　まず隗より始めよでわたしから行きますね。》

という段落で始まる長文のメールがその日のうちに届いたのだった。

私たちの哲学に対する姿勢は正反対だった。私が先人に学ぶ知識先行型だとしたら、彼女は自力突破型で、自分で導き出した結論だからこそ主張が強く、自説を容易に枉げようとはしなかった。

《ルービックキューブの解き方って本や雑誌に載っていたりするけど、それを見て自分も六面揃えれたって自慢する人の気持ちがわからない。自力で解いた手順に無駄があって揃えるスピードがたとえ遅かったとしても、誰かが解いた手順を丸暗記しただけの人がスピードの速さを自慢してきたってそれが何？って思うし。》

意見が対立したのは命の軽重に関してだった。私が捕鯨やイルカ漁に反対する外国人たちに理はないと言って、知能の高低を理由に人間以外の動物の命の重さに優劣をつけ

るのはおかしい、その考えが人間にも転用される可能性があり、遺伝的形質で人権に優劣をつけるという愚を犯した優生学からの反省が活かされていないと主張したところ、人権はどこまで平等であるべきか検討の余地はあるという反論が彼女から返ってきたのだった。

《先に命の値段の話をします。二十歳の若者と八十歳の老人が殺されたときに、賠償額に差が出るのは逸失利益で計算しているから当然です。でも侵害された人権は平等のものとして扱われ、同じ殺人罪で裁かれます。では人権は等しなみに誰にでも認められるものかというと一応の例外はあって、日本では死刑制度が認められているので死刑囚の生存権は法律で剝奪することが可能です。他人の人権を不可逆的に阻害した以上は自分の人権も剝奪されなければ釣り合いが取れないという理屈で、これは理解できます。でも人間の生存権が百パーセントか零パーセントかの二段階しか選べないのは不充分だと思いませんか。生きるか死ぬかの二択しかないのだから二段階で充分というのは一種の思考放棄で、本当は命の価値には個人差があるとみんな感覚的にはわかっているはずです。それは民法の逸失利益の計算式で導き出される値段とは別の価値体系です。権利を単純にあるなしの二分法で考えることには限界があって、たとえば国家検定で政治に詳しいと認定された人には詳しくない人に比べて倍の一人二票の投票権を認めるとか、そういった権利の段階化というのは今後検討されるべきだし、人権にも同様の段階化が適

用されたほうが自然発生的な価値観に社会制度がより近づくと思うのです。》
　彼女が自力突破型であることとも関係するのだろうが、彼女のメールには《自然発生的な価値観》という言葉が頻出した。
《宗教の悪い点は自然発生的な価値観と相容れない人工的な価値観の押し付けが往々にして見られることです。文系と理系を「人文科学と自然科学」と言い換えることがありますが、自然科学の「自然」は「地球が球体である」とか「地球は太陽の周りを回っている」とか「人間を含むすべての物体はたった百種類前後の原子が組み合わさって出来ている」といった自然世界の仕組みを科学的に解明してますよということで、結局理系の学問は「自然発生的な価値観」そのものを教えてくれていると言ってよいと思います。教義に反するからといって科学的事実を認められないような宗教は人類の進歩の足を引っ張っています。そんな宗教に未成年者を入信させるのは発達障害を招きかねないので本来なら児童虐待として扱うべきです。》
　最初は交換日記のような軽い気持ちで始めた長文メールのやり取りだったが、玲奈は次第に自分のプライベートな事情も書き連ねるようになっていた。それによると、彼女が中学生のときに両親が新興宗教に嵌(はま)って、双子の妹の亜恋(あれん)は素直な性格で中二の夏に入信させられたが、玲奈自身は中学卒業まで入信を拒み続けたし、高校進学のタイミングで横浜市内の実家を出て都内の親戚(しんせき)宅に身を寄せて、今はそこから通学しているという。彼女の宗教批判には身近に具体的な対象があったのだ。

彼女に釣られるようにして、私自身もいつしかプライベートな悩みを彼女に打ち明けるようになっていた。そのことによって精神的に救われたという思いは今でも持っている。

それなのに私は唐突に彼女との関係を断ち切った。高校三年の冬休み。受験本番を控えていたこともあって、そもそもメールの件数自体がお互いに減っていたのだが、内容は深刻なものが増えていて、このままでは二人とも深淵に落ちてしまいかねないと思った私が、一種の強硬手段に出たのだ。私が最後に送ったメールは《玲奈はニーチェを読むべきだと思う。》という簡素なものであり、数週間後に届いた玲奈からの最後の返信メールは《ニーチェを読んだ。参考になった。同じ道をより早くより深く探索した人がいる場合には、先人から学ぶべきだと理解した。》というものだった。

あれから十年。今ではお互いに二十八歳の大人になって、当時から比べると随分とまともな生活をしてるよねと笑い合うつもりだったのに、気づいたら私は船村桔次の件で玲奈に愚痴をこぼしていた。

「——倫理学を教えている教師が不倫をしていたなんて、ちょっと笑えないよね」

私がそう言ってアイスコーヒーをずずっと啜ると、玲奈は慰め口調で、

「でも最近の流行りじゃん。ゲス不倫。恋愛なんて結局はエゴだし。正直みんなもっと

好き勝手すればいいのにって思うよ。それがちょっと口説いただけでセクハラ扱いされるような社会じゃ、みんな萎縮しちゃって、少子化にもなるさねそりゃ」

「先進国が押し並べて少子化問題に悩んでいるのは、ソフィスティケイトされた社会が個人のエゴを過剰に封じているからなのかもね。みんな臆病になってる。これでアメリカ並みの訴訟社会になったら、ますます出生率が下がってこの国は亡びるだろうね」

「でもブスがやったらセクハラだけどイケメンが同じことをしても許されるみたいな風潮はあるから、そこで進化論で言うところの自然淘汰が働いて、優秀な遺伝子が後世に残る手助けはしてくれてるのかも」

「勇気あるブスの強引さは、性格の上での優秀さとはそこで見做されないのか」

「性格的に自己主張の強い人ばかり残るのは得策じゃないからね。イケメン以外で最優先に残すべきなのは、前に出る性格とかじゃなくて、頭脳の優秀さだろうね。だってほら、頭のいい人って恋愛に関しては臆病になりがちじゃん。気を遣いすぎるというか。だったらいっそのこと、頭脳明晰で美形だったら強姦しても罪に問われないぐらいの政策を打ち出してもいいんじゃないかとさえ思う」

極論を言い放った玲奈が意味ありげに私のことをじっと見詰めてきたので、何か言い返さなければと思い、

「少子化に関しては、何とも言えない立場ではあるんだけど……」

「まあ冗談だけど、少なくとも男女同権と少子化問題はリンクしているぐらいのことは、政府は認めなきゃいけないと思うよ。男女同権を誇らしげに謳いつつ国が亡びてゆくのをただ黙って見ているか、国の将来を見据えて男尊女卑を復活させるか」

「その二択しかないとまだ決まったわけじゃない。男女同権のまま出生率が上がる方法があれば、それが一番だということで、今はいろいろ対策を練っている時期だから」

「男女は同権でもいいと思うんだけど、人類みな平等を貫いていては永遠に解決しない問題があるってことはみんなわかっていて、だから建前上は同権でもいいんだけど、実際上は、優秀な遺伝子を持つ人にはもっとエゴイスティックに行動してもらったほうが、国というか世界のというか、そう、人類のためになるとわたしは思っていて、だから真弥はもっと自分の思うがままに行動してもいいんだよ」

「権利の段階化ね」

結局、玲奈の基本的な考え方は昔と変わっていなかったのである。そこから話が飛んで、

「ちなみにその船村さんと、彼の奥さんと、もしもどちらかをこの世から排除できるとなった場合、真弥はどちらに死んでもらいたいと思う？　ほら、男女で意見が分かれることが多いって聞くじゃん」

既婚者だと最初に言わなかった船村に落ち度があるかと言えば当然あるだろう。でも

今もなお彼に抱かれたいと思っている私にとって、答えはひとつしかなかった。

「その二択だったら迷わず奥さんでしょ。会ったこともない人だし。でもその人がたとえ死んでも、私にメリットなんてほとんどないから、本気で死んでほしいなんてまったく思ってないからね」

口ではそう答えながらも、心の中で自問する。もし彼の奥さんが亡くなったとしたら。自分が代わりに正妻の座に就けるとは微塵も思ってなかったが、それでも彼を誰かとシエアしているという気持ちを払拭できるのは、自分の中で案外大きなメリットになるかもしれない……。

そんな私の心の中を見透かしたように、

「わたしも身近に死んでほしいと思ってる人がいるんだけど――」

玲奈はそこで、ひと呼吸ぶん溜め込んでから、小声で言った。

「交換殺人してみない？」

3

「そういえば、グルジアって国名がジョージアに変わったよね」

私がそのときに思ったことを、そのまま口にすると、

「唐突に何？　……えっ、もしかして、コーカサス人ってこと？　駄洒落？　親父ギャグ？」

私の捻くれた思考経路を辿れる玲奈は、本当に凄いと思う。社会科の知識も必要だし。

「社会科ジョークって言って。ってか、この議論を続けるのは別にいいけど、誰かに聞かれたらまずいんで、これからはその単語、コーカサス人――じゃあ原形が残ってるから、うーん、カフカス人って言い換えない？」

「じゃあカフカでいいよ。カフカで」

「カフカって『変身』の人だっけ」

「たしかそう。かふかに憶えてる。って親父ギャグ返し。あーつまんない」

と言って、玲奈は恥ずかしそうに手でぱたぱたと顔を扇ぐ仕種をして見せた。実際に話をしてみたら、こんな子だったんだという意外な一面を見せられた形だが、逆に言うと、ほとんどの友人知人にとって玲奈はこんな子であり、その内面の危険性を知っているのは、実はこの世で私一人だけなのかもしれない。

「わたしたちがこんなふうに深い話ができる仲だってこと、他の誰にも知られてないでしょ。高校時代に同じクラスだったのは事実だけど、仲良くしてるのは見たことがないって、同級生のみんなも証言するだろうし。カフカにはうってつけの間柄じゃない？　わたしたちって」

「さっきも言ったように、私は別に彼の奥さんをカフカしてもらいたいって、考えてないからね」

「ううん、真弥にはもっと自分に正直に生きてほしいの。真弥が邪魔だと思う人は自然とこの世から消えて無くなるとか、そういう限られた人にだけ与えられる権利がもしあったら、真弥は絶対に持つべき人なの。船村さんか奥さんかの二択じゃなくて、もっと範囲を広げて考えた場合にはどう？　教師仲間で嫌な人とか、ゴミ出しのルールを守らない近所の人とかいない？」

顔が気に入らないという理由だけでデホーに死んでもらいたいかと言われれば、それは違うと言うしかない。顔や人格を知っていることがその人への害意の抑止に繋がっているということを、私はそのとき理解した。自分の中で働いている、そういう心理的メカニズムを玲奈に説明すると、

「だとしたらやっぱり船村の奥さんね。顔も人格も知らないから、可哀想（かわいそう）と思わなくて済む。でもその場合、真弥のアリバイを確保するだけじゃ足りないよね。船村さんのアリバイも確保しとかないと」

交換殺人の最大のメリットはアリバイの確保にある。私はAさんを殺したい、玲奈はBさんを殺したいというときに、Aさんが殺されれば動機から当然私が疑われそうなところを、私がアリバイを確保している間に玲奈が実行してくれれば、私は嫌疑を免れら

れる。同様に玲奈にアリバイがあるときに私がBさんを殺せば、玲奈に容疑はかからない。玲奈とAさん、私とBさんの間にはまったく繋がりがないので、死者の周辺を捜査しても実行犯に辿り着くことはできない。それが基本的なパターンである。

船村の奥さんが殺されたときに、真っ先に疑われるのは夫の船村桔次であろう。私が容疑圏外に置かれても彼が逮捕されてしまっては犯行の意味がなくなる。玲奈の言うとおりであった。

「船村さんと真弥のアリバイが同時に確保できる日時があったら教えて。冗談半分っていうか、冗談が九割以上なんだけど、その日になったら考えてみて、もしやれそうだったらやってみようかなって思ってるから」

「そんなことをしたからって超人にはなれないよ。わかってるとは思うけど」

十年前にニーチェを薦めたのは間違いだったかもしれないと思いつつ、私がスマホを取り出して、

「とりあえず連絡先だけは交換しとこうか」

と言ったところ、玲奈は首を左右に振ったのだった。

「わたしたちの関係はできるだけ無にしとかなきゃ。カフカのために。十年ぶりに再会したことも、ここでこうして一緒にご飯を食べたことも、誰にも言わないでおいてほしいの。連絡は――手紙がベストかな」

「手紙」

「ハガキじゃ駄目だからね。出すのは封書で。あと読んだら必ず焼き捨てる。そうすれば連絡を取り合った証拠が残らないから。最初はわたしから出すよ。真弥の住所を教えて。暗記するから」

高校時代には携帯電話ではなくパソコンでメールの交換をしていた二人が、大人になったら今度は手紙のやり取りをしようとしている。それはそれで面白いかもしれない。

「デリダだったらやめろって言うかもしれないけど」

住所を教えた後、そんなふうに社会科ジョークを飛ばすと、

「郵便的不安？」

即座にそんな言葉が返ってきたので、ニーチェ以外の哲学者にもある程度は通じているらしい。かと思うと、

「ポスト構造主義とも掛かってる？」

「ポスト構造主義のポストって、郵便物を投函（とうかん）するアレじゃないし」

リアルな滝井玲奈はやっぱり面白い子だった。

その日は結局ファミレスで一時間半ほど話し込んだだけで、次には行かずその場で別れた。玲奈いわく、カフカのためにはそのほうが良いのだとか。私も《エイトポイント》へ行く気分ではなくなっていたので、馴染みのないその駅から折り返しの電車に乗

って、日付が変わる前には帰宅していた。

滝井玲奈からの手紙は、偶然の再会から三日後に届いた。高校時代の長文メールを経験しているので、分厚い封書が届くのかと思いきや、便箋（びんせん）一枚に用件だけが手書き文字でしたためられていた。

《先日は相本さんと再会できて嬉しかったです。近況報告も積もる話もほとんどできませんでしたけど、カフカのためにはそのほうが良かったのかもしれないと思い、この手紙にもそういったことは書きません。というわけでカフカに関してですが、とりあえず相本さんはFさんの住所などはご存じでしょうか？　もしご存じでしたらそれを手紙で報せていただけたら幸いです。わたしの住所を以下に記すので、メモなどは取らずに暗記して、この手紙は封筒もろとも焼却してください。》

短いながらも「カフカ」や「Fさん」といった隠語を使い、私の呼び名も「真弥」から「相本さん」に変えて距離感を調整したりして、万が一誰かに見られても致命的なことにはならないように気を遣って書かれていた。

さてどうするか。面倒を避けるのならばこのまま連絡を断つのが一番だろう。返信は出さずに放置する。第二便第三便が届いても無視する。でも返信を出さずにいたら彼女がどういう反応を示すか、今一つ読み切れないのが不安だった。私が先にここの住所を教えてしまったので、いざとなったら玲奈はここに来ることができるのだ。

結局、Fさんの住所は知りませんという内容の簡単な手紙を書いて、その日のうちに投函した。

その週末、船村桔次とようやく今年最初の逢瀬（のやり直し）が実現した。

「先週は済まなかった」

彼に肩をポンポンと優しく叩かれただけで、私は何も言えなくなってしまう。

ベッドの中で久しぶりに彼の愛を味わった後、私が何気なく、次回がいつになりそうか尋ねたところ、

「二月はね、珍しく海外出張があるんだよ。行先はシンガポールで、二月九日から十二日までの三泊四日でね。三人の部下と一緒だから、君を連れては行けないけど。……どうした？」

「あ、ううん、何でもない」

実は私も同時期に、九州に旅行する予定が入っていたのである。二年生の修学旅行の引率で、日程もまったく同じ二月九日から十二日の三泊四日。

「その出張の前は準備がいろいろあって忙しいんで、次は二月の後半かな。……風呂に入る」

彼が入浴している間に、スーツをハンガーに掛けようとしたとき、ズボンの尻ポケットから免許証入れが床にぽとりと落ちた。ボタンを掛けられるようになっているのだが、

そのボタンが外れていたようだ。

拾った免許証をそのままズボンに戻せば良かったのだが、私は中を開いて住所欄を確認してしまった。見ていたのはほんのわずかの時間だったが、そこに記載されていた《東京都立川市》で始まる文字列は、翌朝までしっかりと私の目に焼き付いていた。

彼が妻帯者だと知ってしまった後の行為は、何も知らなかったときと比べて、自分の中でやはり何かが違ってしまっていた。一夜を共にしたのに満たされたという気持ちになれない。深淵がそんな私をまた縁まで引き寄せる。

その日の夜、私は滝井玲奈宛ての二通目の手紙を投函した。同時にそれまで何となく捨てずにいた彼女からの最初の手紙を台所で焼却処分した。

4

修学旅行ではちょっとした事件が起きた。堂林萌子が失踪騒ぎを起こしたのだ。

旅程の二日目。班ごとの自由行動日で、午後五時までに福岡市内の旅館に戻ることが義務付けられていたが、萌子は帰りの電車で途中下車してしまったのだ。降りる予定のひとつ前の駅で、他の班員には何も告げずに、ドアが閉まる直前に素早く降りてしまったという。乗物酔いとかで、あとひと駅ぶんが我慢できずに降りちゃったのかなと、同じ班の生徒は考えたそうだが、だとしても携帯電話の電源を切ったままにしているのはおかしい。

連絡がついたのは夜七時過ぎで、旅館からは五キロほど離れた繁華街のゲーセンにいると、仲の良い友達の携帯電話にメールが届いた。担任教師がタクシーを飛ばして無事に連れ戻したのでひとまずホッとしたものの、萌子に理由を聞いても「集団行動が嫌になった。家に帰りたい」としか言わない。教職員による臨時会議でとりあえず彼女を東京に帰すことが決まり、両親に迎えに来るよう要請したところ、「九州までは行けない。旅費だけは送るのでそのへんに放り捨てて行ってください」という返事をいただいたという。

結局、今日のうちに帰すのは時間的に無理があるので、このまま旅館で一泊させたあと、翌日に付き添いの先生を一人つけて東京に送り返すという処遇が決まった。

「――で、いろいろあって、相本先生が適任だという意見が多かったのですが、ご承知いただけますか」

私は生徒の監視役を任されていたので、職員会議には参加しておらず、どうしてそういう結論になったのかがよくわからない。ただ他の先生が付き添い役だった場合には、萌子が隙を見て逃げるなどの問題行動を起こすことも考えられたが、私が付き添い役になればそういった行動はまず起こさないだろうと思ったので、彼女のことを最優先で考えて翌日の同行役を承諾した。

　騒動を起こした萌子は養護教諭の部屋に隔離されていた。私が顔を見せると一瞬、ホッとした表情を見せたが、続いて入ってきた担任が言い放った通告は、さすがに身に染みたようだった。

「堂林さん。あなたの今日の行動に対する処罰は、今はとりあえず保留というか、このまま何事もなければ不問に付されると思います。でももし明日、相本先生に迷惑をかけるようなことがあったら、何らかの処分が科せられるでしょう。事によっては退学もあり得ます。よろしいですね」

　その後、教員たちも萌子自身も、他の生徒たちに対しては「体調不良で途中下車した。嘔吐（おうと）した際に服を少し汚してしまったので、このままではみんなの所に帰れないと思い、失踪騒ぎを起こしてしまった。旅行を続けるのは体調的に無理そうなので、今夜は養護教諭の部屋に泊まって、明日一人で帰京する」と虚偽の説明をしていた。事を穏便に済まそうと考えていたのだろう。

　翌朝、修学旅行生を乗せたバスの団体が出発したあと、私と堂林萌子はひっそりと旅館を後にした。タクシーを利用して福岡空港へと向かう。その車内では押し黙っていた萌子も、空港のロビーで待ち時間を潰（つぶ）す段になると、ぽつぽつと話をするようになった。

「三年生になるとやっぱり大変だろうなって。レールに乗っているだけでそこに着いちゃう。昨日は、電車の中でそんなことをぼんやりと考えてて、あとひと駅で目的地に着いちゃうって思ったら、降りるなら今だって衝動に駆られて降りちゃって、あとは線路沿いを旅館とは反対方向に歩いて行って、気がついたらあんな場所にいました」

「一度レールから外れてみる必要があったんだね」

こういう悩みをちゃんと理解して受け止めてくれる教師は他にもいる。ただ萌子が私以外の教師を信用していない以上はどうしようもない。現実問題として、ここにいるべきは私なのだ。

「このまま堕ちて行っちゃえば楽かなって最初は思ったんだけど、同時に不安もあって、戻れるなら戻ったほうがいいこともわかってて」

「肩の脱臼とかと一緒で、一度外れると癖になる人もいるから、気を付けたほうがいい。人に迷惑をかけて得られるのはせいぜい同情心で、しかも繰り返していると、同情心が欲しくて同じことを繰り返すんだなと見抜かれて、今まで同情してくれていた人からも見捨てられてしまう」

「だったら人に迷惑をかけないように気を付けて生きていれば、愛情が得られるのですか？」

「愛情は生き方どうこうとは関係なく、心と心の響き合いだから、発生原理がまた違っていて、とりあえず今は除外しておきましょう。じゃあ配慮を欠かさずに生きている人が得られるのは何かというと、うーん、敬意、かな。ただ同情心すらすぐに失って邪魔者扱いされるような生き方よりは、敬意をもっていつでも必要とされる人になれるのならば、なったほうがいいとは思いますよね」

萌子は私の言葉をしばらく嚙みしめている様子だったが、不意に、

「先生って、本当にすごいですね」

と言い出した。

「頭が良くて、見た目も素敵で。完璧じゃないですか」

「そんなことはない」

「どこがですか。あ、欲を言えば、身長がもっとあったほうが私的には好みかな。でもそれ以外は完璧」

苦笑するしかなかった。たしかに私の身長は平均をだいぶ下回っていたが、背が低いほうが男たちからちやほやされることが多いので、私自身はむしろそれを大いに気に入っていたのである。欠点は他の部分にあった。だが生徒に易々と見抜かれるようでは教師は務まらない。

十時台に発つ羽田行きの便は、前日のうちに予約を済ませていた。機内ではほとんど会話を交わさなかったが、萌子に求められてブランケットの下で手を繋ぐ程度のサービスはした。

羽田空港まで迎えに来ていた父親に萌子を引き渡したのが正午で、一緒に食事でもと誘われることも想定していたのだがそれもなく、私は祝日の昼に一人きりでぽつんと放り出された形となった。

この旅行の間、交換殺人のことは常に頭の片隅で意識されていたが、本来ならば九州で団体行動をしているはずの私が、こうして都内に戻ってきて単独行動をしている現状は、かなりまずいのではないか。

三泊四日の旅程のうち、初日と最終日は、私と船村桔次の二人がいつ都内を離れていつ都内に戻ってくるかがわからないので、滝井玲奈がアリバイ作りをちゃんとしようと考えてくれていれば、実行日は二日目か三日目のどちらかに限定される。嫌なことを先延ばしにしがちな人の心理を加味して考えると、三日目の今日こそが実は本命なのだ(もちろん実際にはあの玲奈が、殺人などするはずがないと私は思っていて、常識的にはそうであってもいちおう念には念を入れてということで、今は考えている)。

予定外に生じた一日半の休み。本来の私ならどう過ごすか。とりあえず今日は、自宅マンションに帰ってＨＤＤに溜まった録画を消化して過ごしそうだが、それではアリバイが確保できない。かといって普段からしたらまずあり得ないような行動を取ってアリバイを確保した場合も、それはそれで嘘くささが際立ってしまう。

考えた末に、私はとりあえず都内の不動産屋を巡ることに決めた。実は去年の末から引越しを考えていて、家の近くの不動産屋を訪れたこともあった。そのときには最初にアンケート用紙を渡されて、間取や家賃や築年、駅からの距離などの希望を書かされたりもした。不動産屋に残されたその用紙が、誤魔化しようのないアリバイの証拠として機能するのではないか。ついでに良い物件が見つかったりしたら一石二鳥だ。

というわけで荷物はJRの駅のロッカーに預け、午後一時過ぎから夜の七時まで、私は都内数ヵ所を巡って、各地の不動産業者から計八枚の名刺をいただいた。日中のアリバイはばっちりである。夜は新宿の《エイトポイント》に七ヵ月ぶりに顔を出し、普段だったら相手にしないレベルの男に誘われて、ホテルの一室で一夜を共にした。その際には身分証明書を盗み見て、住所氏名を記憶しておくことも忘れなかった。重要なアリバイ証人になるかもしれない相手である。

最終日の朝はさすがに疲れていたので、山手線で浜松町まで戻り、コインロッカーから荷物を引き出して、自宅マンションへと戻った。ネットニュースで確認してみたが、船村の奥さんらしき女性が殺されたというニュースは見当たらなかった。翌日もその翌日も小まめに確認したが、立川市で女性が殺されたというニュースはテレビでもネットでも報じられることはなかった。

5

滝井玲奈から届いた二通目は、差出人欄に偽の住所氏名が書かれていたが、手書き文字の癖が一通目と同じだったのですぐにそれとわかった。

《極寒の日々が続いていますが、いかがお過ごしでしょうか。わたしの方は課題本を読み終わりました。かなり疲れたので次の本は四月以降に請求したいと思っています。相本さんに貸しているカフカの『城』ですが、読み終わったらわたしにではなく妹に貸してあげてください。健康面にお気を付けて。それではまた。》

今回も文面には相当の工夫が凝らされていて、私以外の人が読んでも本当の意味は理解できないようになっていた。

私も本当の意味を理解できなければ良かったのに。

この文面の本当の意味は——《わたしの方は課題本を読み終わりました》というのは即ち、玲奈が第一の殺人を無事に完遂したということだ。カフカを《読み終わったらわたしにではなく妹に貸してあげてください》というのはやや判断に迷うところだが、玲奈が殺したいと思っている相手が彼女の妹だ（一卵性双生児で、たしか亜恋という名前だったはず）という意味に取るべきだろう。妹の亜恋が殺したいと思っている人がいるようなので、わたしの権利を妹に譲ります、という意味にも取れなくはないが、たぶんそうではない。

そして（順番は前後するが）《次の本は四月以降に請求したいと思っています》というのは、私が為すべき第二の殺人は四月以降に実行をお願いするという意味に違いない。

通常の交換殺人のセオリーどおりに考えるならば――アリバイがあっても私は第一の事件の関係者で、警察に目を付けられている可能性がある。そんな状態で第二の殺人を急ぐのは危険だ。だから第二の事件は、第一の事件のほとぼりが冷めるまで、しばらく待つのが正しい。

要するに、二ヵ月間のインターバルが要求されるほど、今の私は警察に目を付けられている可能性があるということだ。……マジか？

本当にやったのか。船村桔次の妻を。

三泊四日の旅行の間に事件が起きたとすると、今日の時点で犯行から四乃至七日が過ぎていることになる。だとしてもまだ事件から一週間以内。事実関係の確認のために今すぐ船村に連絡を取りたかったが、もし本当に彼の妻が殺されていたとしたら、電話もメールも今はまずい。妻が殺されれば夫がまずは疑われる。海外出張中というアリバイが彼を救うかといえば、完璧過ぎるアリバイは逆に不自然と見做され、共犯者を使った犯行の疑いは残る。そういった場合、警察は船村の携帯電話を押収できるのだろうか。

携帯電話会社から通話記録を取り寄せるのでも同じだ。そういったことが可能ならば、すでに私には実行犯の容疑が掛けられていて当然である。

いやしかし――現時点で事件の報道がなされていないように見えるのは、どういうことなのだろう。

考えられるのは、滝井玲奈がただ単に嘘をついているだけで、船村桔次の奥さんは今もピンピンしているか――でなければ奥さんの死が事故なり自殺なりに完璧に偽装されていて、殺人事件そのものが認識されていないのか。

もし後者だとしたら、玲奈は完全犯罪をやり遂げたことになる。そんなことが現実に起こり得るだろうか。

ともあれ、今はただおとなしく船村からの連絡を待つしかない。彼の妻が健在ならば、いつものように彼のほうからメールで次回の誘いがあるだろう。

もし事件が起きていたら？　彼の妻が死亡していて、なおかつ事故や自殺として処理されていたら――彼は私に連絡をくれるだろうか……。

結局、船村からの連絡がないまま十日が過ぎ、二月も下旬に入った。彼からの連絡がしばらく止まったとき、今までだったら頃合いを見て私のほうからメールをしていたことを思い出す。それを今回に限ってしないとなると、彼に不審がられるだろうということに気づいたので、私は恐る恐るメールを送ってみた。日を空けて二通目、三通目と送ってみたが、いずれも梨の礫で返信は来ない。

となるともう電話を掛けるしかない。自然な声で話せるだろうか。残業中か帰宅中（真っ直ぐ帰ったとしても自宅に帰り着く前）が好ましいだろうということで、午後六時十五分に思い切って通話ボタンを押してみると、話し中の音が流れた。七時に掛けても、八時に掛けても同じだった。

着信拒否されている。

突然の変化の理由として思い当たることはひとつしかない。奥さんが亡くなったからだ。

それでもまだ信じられなかった私は、翌日の昼休みに、最終手段に打って出た。彼の会社に電話を掛けたのだ。直通ダイヤルは知らなかったが社名はわかっていたので、代表番号に掛けることはできた。

自宅から掛けるのは危険だと思ったので、公衆電話を利用した。勤め先の最寄り駅は避けたほうがいいと思ったので電車に乗って、途中駅で下車して構内の公衆電話を使った。

最初に音声案内に掛かったのが予想外だったが、何とか総務部に繋ぐことができた。テキトーな会社名と偽名を名乗った後、

「実は私、御社の船村課長に昔お世話になった者でして。あ、今は課長かどうかわかり

ませんが。それでつい先ほど、電車で乗り合わせた知人から、船村さんのお身内に何かご不幸があったようだという噂話（うわさばなし）を聞きまして、奥さんが……ちょっと信じられなかったのですが、もしその話が本当ならば、何かさせていただきたいと思っていて、その噂の真偽だけでもお伺いできればと思ったのですが」

「船村本人にお繋ぎいたしましょうか？」

と最初はそっけない対応をされたが、めげずにもう一押ししてみた。

「いえ、本人の連絡先は承知していますし、本人に直接お聞きできるのならばそうしています。でもそれでは不躾（ぶしつけ）だと思ったので――特に噂話の内容がまったくの出鱈目（でたらめ）だった場合には、失礼に当たりますよね？　そういうことをあれこれ考慮して、ご本人以外の方から、イエス・ノーだけでも教えていただければと思ったのですが」

「……どうしましょう？」

声質から判断して、四十前後の人のいいおばちゃんのようだった。

「ご存じでしたら、こっそりとお教えいただけないでしょうか？」

「そうですよね。本人に聞くのもアレですよね。ええ、じゃあこっそりと。二週間ほど前、船村さんが海外出張から帰られたら、奥さんが亡くなられていたんです。それも、どうやら自殺されてたらしくてね」

囁き声で、私の知りたい情報を教えてくれたのだった。

「そうですか。助かりました。ありがとうございました」

やっぱり船村の妻は亡くなっていた。自殺として処理されたようだが、実際には殺されたのだ。

滝井玲奈が殺した。彼女は本当にやり遂げたのだ。

6

玲奈が殺人を犯したことで、私にメリットは何ももたらされなかった。

船村桔次に捨てられた。知り合いが殺人犯になった。

私も共犯者として——あるいは共同正犯として、扱われるのだろうか?

客観的に見て、私に殺意があったとは言えないだろう。死んでほしいとはひと言も言っていないし——船村家の住所及び私と船村の旅程について報せる手紙はたしかに書いたが、それだけで人が殺されるとは普通は思わない。

もし船村の妻の死が殺人事件として扱われていたとしたら、私は事実をありのままに伝えて、玲奈を警察に売っていたかもしれない。たしかに旅程などは伝えたものの、冗談に冗談で答えるような感覚で、まさか本当に犯行に及ぶとは思っていなかったと主張すれば、たいていの人は納得してくれるだろう。私は共犯者とは見做されず、狂人を友達に持った不幸な関係者（通報者）として扱われ、玲奈だけが逮捕・起訴される。それぐらい玲奈の行動は世間の常識から外れているのだ。

それなのに、玲奈がうまく犯行を成し遂げた結果（どうやったのだろう？）、船村の妻の死は自殺として処理されてしまった。それをわざわざ掘り起こして、実は殺人事件でした、犯人は滝井玲奈という私の知人です、私も事件を起こす側に多少なりとも関与してましたと、自分から警察に訴え出ようという気にはなれない。

しかし事実を知りながら黙っていることで、私は結局、玲奈の共犯者になってしまう。悩んでいるうちに三月が終わり、新しい年度が始まった。私は一年生のクラスの担任になった。それに関する仕事も当然増えて、今までよりもさらに忙しくなった。

帰宅して郵便受けの扉を開けるたびに憂鬱な気分になる。しかし開けずに放っておくこともできない。玲奈からの封書が届いていた場合、誰の手にも渡すことはできないのだから。

四月に入って二週目の火曜日に、ついに玲奈からの手紙が届いた。郵便受けの中にその手紙を見つけたとき、もちろんドキッとはしたが、同時にホッとする気持ちが生じたのも事実だった。この手紙が届いたことで、少なくとも今までの宙吊り状態からは解放されるのだ。

《相本さん、ご無沙汰しております。滝井玲奈です。

わたしに双子の妹がいることは覚えてますよね？　滝井亜恋。年齢も誕生日も当然わたしと一緒です。彼女は主天道寺院（しゅてんどうじいん）という新興宗教に帰依していて、毎週日曜日に根岸にある自宅から戸塚にある教団施設まで通っています。おおよそ午前十時に施設に着いて、十一時には出て来ます。その戸塚の教団施設に通じる道に一個所、とても危険な場所があります。周囲は雑木林で昼間でも薄暗く、午前中に参詣する人はごく僅かで人通りはほぼ皆無に近く、何かあったら危険だといつも妹の身を案じております。危険な個所に印をつけた地図を同封しておきます。

　わたしは今週土日月の三日間、会社の同僚と沖縄旅行に行ってくるのですが、何だか胸騒ぎがしています。妹にもしものことがあったらと思うと夜も眠れません。安眠するためにも、そろそろカフカの二冊目に手を出してもいい時期が来たと思いませんか。》

　ついに来たか。しかも今週の日曜日という猶予（ゆうよ）の無さ。

　もし私がこの指令を無視したとしたら。痺（しび）れを切らして玲奈自身が妹を殺害してしまうのではないか。それだとアリバイが確保できずに動機のある自分が疑われるからと、交換殺人を持ち掛けてきたはずだが、双子ならアリバイのトリックも考えればどうにかなるのではないか。午前中に妹を殺しておいてから、午後にその妹に成りきって目撃者の前に現れて、妹が午後まで生きていたことにする的な。ダメか。被害者と容疑者が双子だと最初からわかっていたらトリックにならないのか。

横浜市には今まであまり縁がなかったので、根岸だ戸塚だと言われても位置関係がまったくわからない。添付の地図は戸塚区内の問題の教団施設の近くをクローズアップしたもので、危険な個所とやらをピンポイントで指定する目的には合っていたが、表示されている範囲が狭すぎて、私がいま必要としているものではなかった。結局パソコンの地図ソフトで都内から根岸及び戸塚へのアクセスを確認し（根岸のほうは実は必要なかった）、戸塚の教団施設を見つけて駅までのルートを確認した後は、徐々にクローズアップしていって、添付の地図と同じ範囲にまで画像を拡大していった。航空写真に切り替えると、周辺の様子がよくわかる。施設に通じる坂道の片側は崖になっていて、３Ｄ画像で見るとかなりの高低差があり、他の個所は木々が密生しているので落ちても何とか助かる可能性があったが、ほんの二メートルほどの幅しかない「危険な個所」は、その崖の垂直面が排水を流すためにコンクリートで覆われていて、ガードレールを越えたら崖下の岩だらけの河原まで一直線に落ちることになる。まず助かる見込みはなさそうだった。

　頭の中で想像もしてみた。ガードレールとは道を挟んで反対側の、崖の上り斜面には、幹の太い大木が何本も生えていて、坂道を歩いている人から身を隠す場所には事欠かない。今は春なので足元で枯葉がガサゴソと音を立てる心配もない。道路は車一台分の幅しかなく、襲撃者が隠れ場所から飛び出せば、被害者には避けようがない。体格差があったら難しいかもしれないが、滝井玲奈は私と身長がほぼ同じなので、双子の妹もほぼ同じ。ならばどうにかなるだろう。

そこでハッと我に返った。私は滝井亜恋という子には何もしない。実際には誰も襲わない。こんな場所へは行かないのだから、襲撃が失敗したときのことを心配する必要はどこにもない。

地図ソフトの履歴を消すことも考えなくてよい。どこまで詳しい履歴が残るか知らないが、たとえクリックした場所が残るとしても、戸塚のこの坂道で事件が起こることはないのだから、わざわざ消さなくても大丈夫だ。

そう思いつつも「履歴の削除」を選択し、玲奈から届いた手紙と地図も燃やして、玲奈からの手紙が届かなかったのと同じ状態にした。

今回は私が動くターンだ。ということは私が動かなければ何も起きない。

そして問題の日曜日が来た。

7

午前中は時計を見て過ごした。

午前十時。午前十一時。玲奈の妹はすでに「危険な個所」を通過した。正午。すでに家に着いて、昼食の時間を迎えているころか。

もし犯行が計画どおりに行われていたとしたら、崖下の死体はいつ見つかっただろう。妹は親と同居しているという話だったので、いつもとは違って娘が帰って来ないと、そろそろ両親が騒ぎ出しているころだろうか。遅くとも夕方までには死体が見つかって、沖縄旅行中の玲奈にも連絡が行く。

玲奈からすれば、夕暮れ時を迎えても実家から（あるいは警察から）そういった連絡が来なければ、相本真弥が裏切ったかと思い始めるだろう。夜になっても、そして明日になっても連絡が来なければ、亜恋がピンピンしていると確信するだろう。

今日はもう何も起きないとして、明日以降、玲奈がどんな行動に打って出るかが心配だ。一回は怖気（おじけ）づくことも許容してくれそうだが、二度目は許されそうにない。しかし二度目のチャンスをもらっても、私は彼女の妹を殺害する気は微塵もない。そうなった場合、彼女は私に対して何をしようとするか。何ができるのだろう。

あるいはこちらから手紙を出して伝えようか。私はあなたの指示には従いません。誰も殺しませんと。

そんなことをぼんやりと考えているうちに時間が過ぎていって、気がつくと夕方になっていた。スーパーのお弁当に割引シールが貼（は）られているころだ。夕食を買ってこよう。

部屋を出てエレベーターで一階まで下りると、スーツ姿の見慣れない男達が数人立っていたので、ちょっとビックリした。私と入れ替わりに全員がエレベーターに乗り込んだかと思うと、一人が慌てた様子で飛び出してきて、

「失礼。相本真弥さんですよね？　おいお前ら、こいつだこいつ」

他の男達もすぐに飛び出してきて私を取り囲んだのである。

「署までご同行を願います」

「えっ？　えっ？」

マンションの前に停められていた黒い車の、後部座席の真ん中に乗せられたかと思うと、あれよあれよという間に事態が進行して、気がつけば私は警察署の取調室の椅子に座らされていた。

「さてと。話を聞かせていただこうか」

五十歳くらいの険しい顔つきの男が私の正面に座っていた。デホーですら愛しくなるほどの御面相だった。

「何の話です？」

「とぼけないでもらいたい。滝井玲奈という女性を知っているだろう？」

「え、はい。私の同級生です。高校のときの」

警察はすでに玲奈の名前を把握していた。おそらく船村の妻の件だろう。そう思っていると、

「なぜ殺した」

「え、誰をですか？」

わけがわからずに聞き返すと、

「だから、滝井玲奈をだよ」

話がおかしい。今日死んで見つかるのは滝井亜恋のはずだったのでは。

「どうして殺されたのが玲奈だと決めつけてるんですか。彼女には双子の妹がいたはずです。生きているほうが嘘をついている可能性だってありますよね？」

そう言いながらもすでに私の脳はパニックに陥っていた。どういうことだ。沖縄にいる玲奈が「自分は亜恋です」と主張しているのか？　会社の同僚と旅行をしているのに？

いや、死んだのが亜恋だとして、そもそも誰が殺したというのか？　私が実行しなかったのに死んだということは、玲奈が殺したとしか考えられない。その場合、玲奈は沖縄などには行っていないことになる。

私の混乱にトドメを刺したのは、刑事の次のひと言だった。

「双子の妹ね。そういう嘘を高校時代についていたという話はこっちも聞いているが、あんたも信じてたというのかね。まあ好きにすればいいさ。実際には滝井玲奈に双子の妹などいなかった。だから紛れなどない。ガイシャは滝井玲奈。二十八歳。身長一六二センチ、体重四十八キロ――」

手元のバインダーを開いて中の書類を読み上げ始めたところに、

「デカ長。すごいことがわかりました」

若手の刑事が部屋に飛び込んで来て、私の前にいた強面の刑事を廊下に連れ出してしまった。そのまましばらくの間、私は放置されていたが、戻ってきた強面が開口一番にこう告げた。

「なるほどな。あんたと滝井玲奈の二人で、すでに一人殺してたってわけだ」

このときにようやく、船村桔次の妻の件が浮上したのであった。

8

その後の取り調べを通じて、刑事が私から引き出した情報と、私が刑事から引き出した情報と、どちらが多かっただろうか。

滝井玲奈は自身が描いた設計図のとおりに「危険な個所」から転落死を遂げていた。

中二のときに主天道寺院に入信させられたのは玲奈自身であり、実家に住んでいる間は現場となった坂道を通って、施設に毎週通っていたのだそうだ。

転落死する際に、彼女は鞄の中の携帯電話の録音機能をオンにしていた。「やめて。

いまわたしは相本真弥に襲われていますｏ やめて、あー」という声が録音されていたため、警察は早急に私の身柄を確保したのだという。同時に被害者の自宅を調べていたところ、船村枯次の妻を殺したときの記録や証拠品が見つかったので、話が一気に大事になった。

玲奈が一月中旬まで勤めていたのは興信所だった。ピッキングの技術を持ち、外国製のスタンガンを所持していた玲奈が、どうやって船村家に侵入し、どうやって被害者の意識を失わせたか、説明するまでもないだろう。

炬燵の電源コードを途中で切断し、被膜を剝いで、失神している被害者の心臓の前後の肌に直接貼り付け、スイッチを握らせた状態で感電死させた。スタンガンでできた火傷がそれによって死亡時のものと見分けがつかなくなった。犯行後は外から施錠して現場を後にしたので、第一発見者の船村は妻が自殺したとしか思えず、警察の初動捜査もそれに釣られて判断を誤った。エレベーター内の監視カメラに映っていた、被害者が帰宅したときに着ていたはずのコートが、室内から見つからないという矛盾も見逃されていた。そのコートは、滝井玲奈の自室から発見されており、スタンガンによる焦げ跡が残っていた。

私はすべてを正直に打ち明けた。しかし刑事は私の話をはなから嘘と決めつけていた。船村の妻殺しの共同正犯と滝井玲奈殺しの主犯として、私は逮捕された。

共同正犯のほうはとりあえず措いておくとして、私は玲奈を殺してはいない。彼女は自殺したのだ。私に襲われているという実況を録音しながら。

なぜそんなことをしたか。彼女は私を愛していたのだ。愛する人に殺されたい――それが、高校時代から「存在しない双子の妹」を作り出すほど悩み、苦しみ、限界を超えて生きていた玲奈が見つけた「人生のゴール」だった。十年ぶりに再会した私に、彼女はそんな救いを見出してしまったのだ。交換殺人を持ち掛けて、双子の妹になりすました自分を殺させる。私が現場に現れて実際に手を下すのがベストだったが、それが叶わなかった場合には、自ら命を絶った上で、私に殺されたという証拠を残す。相本真弥が滝井玲奈を殺したと社会的に認められれば、それでよしとしよう……。

玲奈の部屋からは日記帳が見つかっていた。その中に、私が彼女と何度かホテルで過ごしたという記載があったという。

「あんたが男と寝てたことは《エイトポイント》ってバーで確認が取れてる。もちろん船村からもな。女ともやっていたとなると、両刀使いだったってことになる。実はそっちも確認が取れてる。あんた、教え子に手を出してたらしいな。堂林――萌子か。あんたと寝たって証言してるよ」

もう無茶苦茶だ。萌子が私に好意を持ってくれていることはわかっていたが、勝手に寝たことにしないでくれ。

萌子の証言が大きく響いて、私は滝井玲奈とも関係したことになり、玲奈を使って船村の妻を殺し、実行犯の玲奈も殺したことにされてしまった。

優秀な弁護士が付けば裁判でひっくり返すことも可能かもしれないが、さて、どうなることやら。

なんて素敵な握手会

今日の衣装はピンク色のワンピースで、相変わらず彼女は可愛かった。待ち行列を間に挟んで、その姿は先ほどから、ちらちらと遠くに見えていたが、あと三人というところまで距離が縮まったとき、不意に彼女と目が合った。意気地なしの僕はすぐに視線を逸らしてしまったが、それでもその瞬間、彼女がぱっと笑顔を輝かせたのは確認できた。

そのお相手こそ、今日の僕の握手会における大本命、みーしゃちゃんこと伊丹詩織ちゃんである。すでにクミちゃん、トビウオターンちゃん、なかみーこと中瀬美緒ちゃんといった、可愛くて頭が良くて、それなりにテンションの上がる相手との握手は済ませていたが、今はとにかくみーしゃちゃんが、僕の中で一番のお気に入りだった。

「五枚です」

いよいよ順番が来た。握手券一枚につき十秒の換算なので、僕たちに与えられた時間はたったの五十秒しかない。

「お久しぶり。二ヵ月ぶりだよね」

一秒も無駄にしたくなかった僕は、握手するやいなやすぐに話し始めた。みーしゃちゃんはパッと笑顔になり、

「直接お会いするのは、そうですよね。でも毎日、配信でコメントを――」

そうなのだ。今はネット上に様々な動画配信サービスが存在しており、われらが国民的アイドルグループ、BDNS－isのほとんどのメンバーが、とあるサイトを使って生配信を行っていた。ファンはその姿をほぼ毎日拝むことができるのだ。テレビしかなかった時代と比べれば、今のアイドルファンは考えられないほど恵まれている。一方でアイドル側のスマホの画面上には、ファンたちの姿は映っていないものの、コメント欄に書き込んでくれる文字は目にすることができ、それを読みながら会話をすることで双方向性は保たれている。課金をして常連になれば、名前も憶(おぼ)えてもらえるし、前回の握手会からどれだけ間が空こうとも、メンバーが自分のことを忘れずにいてくれる――そんな仕組みになっているのだ。

そういう形で画面越しにほぼ毎日会えるのであれば、握手会に行かなくてもいいや――とはならないのが面白いところで、統計データからはむしろ、生配信を通じてメンバーに直接会いたいという気持ちがよりいっそう募り、握手券つきCDの売上が上がるという、プラスの効果をもたらしていることが証明されているという。

それが嘘でないということが、今日の会場の混雑ぶりからは実感できた。

「まあ、毎日ではないけど」と僕が言うと、

「でもほぼ皆勤賞です。いつもありがとうございます」

「いや、それはこっちの台詞ですってば。あ、そうそう、僕、みーしゃちゃんがツイッターやってるの、つい最近まで知らなくて」

僕が思い切ってそう言うと、彼女は驚いた様子で、

「えっ、ツイッターまで見てくれてるんですか？　でもフォローとか、してくれてないですよね？」

「フォローしたいんだけど、それを自分のフォロワーには見られたくないっていうか」

「あっはい。ですよねー。わかります」

「でも自分の中では、みーしゃちゃんを特別扱いしてるんだってっていうのは、今の話で伝わったかな？　たとえば、なかみーちゃんとか、ツイッターをしてるのは知っててても、フォローしようとかって思わないし」

「えーっ、本当ですか？　なにか嬉しすぎて、信じられないっていうか」

「犬飼ってるんだよね」

本当にツイッターを見ていることを証明するために、そこで得た情報を話題に出すと、

「そうです。ゴブちゃんっていいます」

「そうです。ゴブリンから採りました。ゴブリンって知ってます？　ファンタジーとかによく出てくる」

「小悪魔みたいなやつだよね？　小柄で、ちょっと憎めないやつ、みたいな」

「はい。そういうイメージです」

やはりペットの話題は盛り上がる。ようやくエンジンが掛かってきたと思ったところにタイムキーパーの非情な声が割って入った。

「もうじきです」

あと数秒しかない。

「やっぱり、直接会うのが一番ですね」

「そうだね。今日は久しぶりに会えて本当に嬉しかったよ」

タイムキーパーが「時間です」と機械的に告げ、「剝がし」が僕からみーしゃちゃんを引き離す。僕は最後まで「バイバイ」と手を振って彼女を見送った。

「三枚です」おっと次の子も可愛いじゃん。

アイドルになって良かった。

消費税狂騒曲

一九八九年（平成元年）四月一日、土曜日。

五木(いつき)重太(じゅうた)は寝坊した。いや寝坊というか、昨日までと同じ時刻には起きたのだが、今朝はそれでは遅いのだ。いつもより三十分早く起きなければならなかったのに、目覚まし時計のセットを直すのを忘れていた。

ボタンを押してベルの音を止めた瞬間にそのことに気づいて、彼は慌てて布団から飛び起きた。トイレと洗面と歯磨きを可能な限りの短時間で済ませ、スーツに着替え階段を駆け下りて、食堂のおばちゃんに一言謝罪してから寮を飛び出した。マラソン並みの駆け足で駅に向かうと、乗りたかった電車にギリギリで間に合った。これに乗れればもう大丈夫。

静岡南(しずおかみなみ)署の生活安全課から藤枝(ふじえだ)署の刑事課に異動になり、テレビドラマのようにスーツ姿で走ることもあるかもしれないとは思っていたが、まさかこんな理由で初日から走ることになろうとは。

東海道線で約二十分。最初の五分で汗は退き、十分で呼吸も平常に戻った。藤枝駅で下車した時点で、署までの移動時間を除いても始業まで十五分ほどの余裕があり、五木は寮で摂り損なった朝食を摂ることに決めた。駅から署までの道沿いに小洒落たバーガーショップを見つけて入ってみると、注文カウンターがひとつきりの小さな店だった。レジには《当店はテイクアウトのみです。ご了承ください》と掲示されている。

「いらっしゃいませ。メニューをご覧になってお選びください」

応対に出たのは五木より五歳ほど年下と思われる女性で、お腹がぽっこり出ていた。

「妊婦さんですか？」

「あっはい。家族でやっている小さな店ですんで」

「チェーン展開はしてないの？」

「はい。この店だけでやってます」

「旦那さんが店長さん？」

「あっはい」

女性は幸せそうな笑みを浮かべている。五木はメニューに目を落とした。上欄に《表示価格に3％の消費税がプラスになります》という注意書きが書かれたシールが貼られていた。

「あ、そうか。今日から消費税が加算されるんだったね」

「はい。本当ならメニューの個々の商品のお値段を書き換えなければならないのですが、ウチでは全部旧来の値段で合計して、最後に三%をプラスする方法でお会計をさせていただきます」

「年号が変わったかと思いきや、今度はすぐに消費税の導入で、小売業のみなさんも大変ですねえ」

背後で自動ドアが開いて次の客が入ってきたので、世間話をやめて注文に専念する。ハンバーガー、チーズバーガー、ポテトのMを注文して、五六〇円に消費税がプラスされて五七六円。釣銭を受け取る際に、思わず溜息(ためいき)が出た。消費税ぶんの十六円を余分に払うのはまあ仕方がないとしても、今まで五百円玉、百円玉、五十円玉、十円玉の四種類しか入ることがなかった小銭入れに、今回一円玉が四枚も加わったのが、秩序を乱されたように感じられたのである。

これからは一円玉や五円玉がこの中に常駐することになる。慣れてゆかなければ。

一九八九年(平成元年)十一月六日、月曜日。

大学二年生の三浦卓也(みうらたくや)は友達からの麻雀(マージャン)の誘いを断ってキャンパスを後にした。講談社ノベルスの新刊が出ているはずだった。彼は二年前、受験生であるにもかかわらず綾(あや)辻行人(つじゆきと)の『十角館(じゅっかくかん)の殺人』を発売日に買って読んだのが自慢だという、熱烈なタイプのミステリファンで、今でも週に一、二度は書店を訪れているのだが、それとは別に毎月五日には必ず書店に行き、ノベルスの棚を覗くのが、ここ数年の習わしになっていた。

今月は五日が日曜日だったため、一日遅れて本日六日に書店に行くことになった。八月には我孫子武丸の『0の殺人』と歌野晶午の『動く家の殺人』を買った。九月にはルディー和子という新人作家の『ピンクのおもちゃネコ殺人事件』というのを試しに買ってみた。作家名しりとりをする際には使えそうな名前だと思った。先月は法月綸太郎の『誰彼』を買った。さて今月は何が出ている。

先週発見したばかりの、西門のそばのけっこう大きな書店に行ってみると、ノベルスコーナーの平台には四冊の新刊が並べられていた。竹島将はごめんなさいだが、他の三冊はとりあえず手に取ってみる。

岩崎正吾『ハムレットの殺人一首』。

黒崎緑『聖なる死の塔』。

石井敏弘『Dの鏡』。

岩崎正吾は東京創元社の鮎川哲也と十三の謎シリーズから出た『風よ、緑よ、故郷よ』が良かった記憶がある。それ以前にも地方出版でミステリを出していたという話だったが、入手方法がよくわからない。そんな感じで気になっていた作家だったので、この新刊は即買い決定だ。

黒崎緑はつい最近、サントリーミステリー大賞読者賞を受賞した『ワイングラスは殺意に満ちて』でデビューした新人作家で、そちらも気にはなりつつ資金不足でスルーしていたが、講談社ノベルスから二作目が出るとは思わなかった。お試しで買うなら値段も安いこっちだな。

石井敏弘は二年前の江戸川乱歩賞を最年少で受賞した作家で、受賞作『風のターン・ロード』は犯人を容疑圏外に置くためのアイデアが印象に残っている。この新刊は本格ミステリではなさそうだが、森雅裕（もりまさひろ）の五月香（めいか）ロケーションシリーズや高橋克彦（たかはしかつひこ）の『総門谷（そうもんだに）』など「本格ミステリ作家が講談社ノベルスで出した活劇系の小説は面白い」の法則が当て嵌（は）まりそうなので、これも買いだな。

三冊ともほぼ同じくらいの厚さで、定価も七〇〇円（本体六八〇円）と同じである。三冊で二一〇〇円か。

他社のノベルス新刊でこれはという本は特に見当たらず、四六判や文庫判のコーナーでも同様だった。まあ今日は講談社ノベルスの新刊三冊だけで充分か。

レジカウンターに本を出すと、店員が裏表紙を一冊ずつ確認しながらレジのキーを押している。最後にポンとキーを押して、表示された合計金額は――二一〇一円だった。

思わず「えっ」と声が出た。店員は平然とした顔をしている。

「七〇〇円が三冊で、二一〇〇円じゃなくて二一〇一円になってますけど……」

「あっはい。えーっとですね、こちら本体価格が六八〇円ですので、三％の消費税をプラスすると、定価は七〇〇円と表記されていますけど、実際には七〇〇・四円ですね、三冊とも同じ値段ですので七〇〇・四円が三倍で、二一〇一・二円になり、〇・二円が切り捨てで二一〇一円になります」

「でも定価が七〇〇円で、それが三冊で、普通だったら――」

「二一〇〇円として計算されている書店もございますし、そちらのほうがより一般的かもしれません。でも当店では本体価格で計算させていただいています。でしたらこうしましょうか」

そう言って手元の本を二冊と一冊に分けたあと、

「たとえばこの二冊だけなら一四〇〇・八円で〇・八円は切り捨てになって一四〇〇円で会計されます。その後で改めてこちらを別に会計すれば七〇〇円で、合計二一〇〇円で余計な一円は発生しません。そういった形で別々にご会計させていただいてもよろしいですか？」

よく見れば三浦の相手をしている店員は、目がぱっちりした美人で黒髪のストレートロング、小柄でエプロンが似合っていて愛嬌(あいきょう)もあって、彼の好みのど真ん中のタイプだった。これ以上彼女を困らせるのは本意ではない。

「いえいえ、別に一円を払いたくないわけじゃなくて、何かしっくりと来ない感じがしたのでつい言ってしまっただけで、実際には財布から一円玉が一枚減るわけだから一グラム軽くなるし、体積も減っていいこと尽くめです。二一〇一円で大丈夫です。はい。払います払います」

　これで小銭入れに一円玉が一枚も無かったら恥をかくところだったが、ざっと見ただけで一円玉は五枚以上入っていた。というわけで三浦卓也は定価七〇〇円の本三冊を二一〇一円で購入した。

　さて店を出ようとしたところで、四六判の新刊コーナーに先ほどは見逃していた一冊の本を発見した。

　山口雅也『生ける屍の死』。

　鮎川哲也と十三の謎シリーズの新刊である。奥付を確認すると一九八九年十月二十日。しまった二週間以上も前に出ていたのに見逃していたらしい。鮎川哲也と十三の謎シリーズは全冊揃えているので、もちろんこれも買いである。定価は一八五〇円とかなり高いが仕方がない。

　改めて先ほどの黒髪ストレートの店員のいるレジに行って本を差し出すと、いったん会計を済ませた客がまた戻ってきたのにもかかわらず、嫌な顔ひとつせずに応対してくれた。値段を打ち込んで、最後にポンとキーを押すと、表示された金額は——一八四九円だった。

思わず「えっ」と声が出た。店員は平然とした顔をしている。

「えーっと、今度は一円安くなっていますよね？」

「あっはい。えーっとですね、こちらは本体価格が一七九六円ですので、三％の消費税が、えーっと……五三・八八円ですね。それを加算すると一八四九・八八円になります。先ほどの三冊は本体価格に消費税を加えたとき、定価プラス端数になるように設定されていましたが、こちらの会社は本体価格に消費税を加えたときの金額が、定価マイナス端数になるように設定されている点が異なっています。当店では小数点以下を切り捨てていますので、こちらも含めて、そういう価格設定の本のみを単品で買われた場合には、お支払額が定価マイナス一円になります。……これで先ほどのお返しができましたね」

三浦が一八五〇円ちょうどをカルトンに置くと、彼女はにっこりと微笑んでから、一円のお釣りをレシートとともに手渡してくれた。

会計方法は変だけど、彼女が店員として存在している限り、この書店には今後もお世話になるだろう。


二〇〇七年（平成十九年）六月十三日、水曜日。

夜八時過ぎ。五木重太は近所のスーパーで買物をしていた。

刑事になって十八年。藤枝署を皮切りに、三島署、富士署と渡り歩いて、今は県警本部刑事部捜査一課の所属にまで登りつめていた。仕事は順調だったが家庭は円満とはいかず、妻は先月二人の娘を連れて、富士市内にある官舎を出て行ってしまった。

今は３ＤＫの部屋に彼一人で住んでいる。この歳でみっともない話なのは承知の上で、独身寮に入れないか、総務部に打診中だった。二十代で寮に住んでいたときには不満だらけだったが、いま思うと、帰ると風呂が沸いていて、晩飯も朝飯も作ってもらえて、自分でやらなければならないのは洗濯と部屋の掃除だけ。掃除も３ＤＫとは違って六畳一間なら一瞬で済む。

入寮の希望が叶わず、もしこのまま官舎に住み続けることになったとしても、ひとおりの家事はいちおうできないことはない。料理もやろうと思えばできる。ただ面倒なだけだ。

ご飯はレンジでチンするやつでいい。世間的には「サトウのごはん」が代名詞のようになっているが、五木が気に入ったのはマルちゃんの「あったかごはん」という商品で、粒立ちに大きな差があるように思う。おかずは肉と野菜を適当に買って刻んで中華鍋で炒めれば、まあそんなに間違ったものにはならない。味噌汁もお湯を注ぐだけの既製品が売られている。わかめ入りの生味噌タイプのもので、ビニールの小袋に入った、より廉価なものがあることをつい二、三日前に知ったが、あれで充分だ。

買物はまあまあ楽しい。官舎の近所にはスーパーが三軒あり、それぞれに特徴がある。

近い順にA、B、Cとした場合、Aは庶民派のチェーン店で値段は安いが、生鮮食料品が今ひとつ信用できない。生肉の赤色が嘘くさい。たぶん薬品を使って発色させている。キャベツもすぐに傷む。Bは全体的に値段が高めだが、生鮮食料品に嘘くささがなく、他の店では売っていないような海外産のピクルスなど珍しいものが棚に並んでいる。Cは生鮮食料品の種類は少ないが値段が全体に安く、品質もそれなりで、冷凍食品と酒類とお惣菜・お弁当コーナーあたりが他店より充実している。

三軒の違いについてさらに言えば、乳脂肪分が三・四%以上のちゃんとした牛乳で最安値のものが、三店それぞれで違っていて、家の冷蔵庫に入っている牛乳のブランドがなぜ見るたびに変わっていたのか、五木は自分で買物をするようになってようやく理解したのだった。

今日はやや高級志向のB店に来ている。夜になると三店ともお惣菜コーナーのお弁当類に割引シールが貼られるのだが、Aは午後六時過ぎには半額シールが貼られ始めるのに対して、BとCが夜七時過ぎ、そしてAとCは夜八時前には商品があらかた売り切れてしまうのが常なので、夜八時過ぎに買物をするときにはB店を選ぶようにしていた。

なのに今日はB店でもお弁当が売り切れていた。半額シールの貼られたお惣菜は何種類か残っていたので、コロッケを買うことにする。「あったかごはん」のストックが家にあるので別にお惣菜だけでも良いのだが、お弁当の場合にはご飯も含めて半額になるので、そちらのほうがお得だという考えが五木にはあった。

　コロッケのほかに、納豆パック、にんじん、卵、牛乳、鶏肉など、この先数日分の食材をカゴに入れてレジに向かう。妻は買物専用の袋を使っていたようだが、五木はレジ袋を貰(もら)うようにしている。Ａ店やＣ店のレジ袋はゴミになるだけだが、この店のレジ袋は富士市指定のゴミ袋としても使える。そのぶん有料なのだが、どうせゴミを出すためにゴミ袋は買わなければならないのだから、ここで買物するたびに一枚ずつレジ袋を買うことに関しては、エコ的な意味でも特に問題はないはずだ。

　夜八時を過ぎて店内に客の姿はまばらで、それに合わせてか、稼働しているレジもひとつきりだった。昔と違ってＰＯＳがバーコードを読み取って値段を自動的に表示してくれるので、数字の打ち間違いのようなミスは心配しなくても良い。店員が商品をＰＯＳに通している間、五木は小銭の準備にとりかかった。

　この一ヵ月間、彼はどのスーパーに行ったときでも、レジにカゴを置いたらすぐに、札入れと小銭入れをポケットから取り出し、さらに小銭入れの中の一円玉と五円玉を選(よ)り分けて右手に持つように心掛けていた。十円以下の端数が手持ちの小銭で払える場合には払ってしまいたいのでそうしている。他の女性客が、レジ待ちの間はぼんやりしていたのに、金額を請求されてから慌てて小銭入れを開いて、中から小銭を一枚一枚取り出すのを見た時に、自分だったら先に小銭を用意しておくのにと思ったのがきっかけだった。自分より後ろの列に並んでいる人をイライラさせないようにしたい。今日のように後ろに誰も並んでいないときでもそれは変わらない。

「合計で、二〇〇二円になります」

イントネーションに関西の訛(なま)りが感じられる女性店員が金額を告げてきた。

今日は五円玉一枚と一円玉が二枚あったので、ああちょうど端数が払えて良かったと一瞬思ったが、そこでレジ袋をまだ求めていなかったことに気づいた。ちょうどレジ袋用の五円玉も一枚ある。

「あ、すみません。レジ袋を一枚ください」

五木がそう言うと、面倒臭そうにレジの下から袋を引っぱり出してきて、

「五円かかりますがよろしいでしょうか？」

普段だったらPOSの最中に「袋はいりますか」と聞いてくるはずなのに、このレジの女は聞いてこなかった。だからうっかり忘れそうになったのだ。そう思って店員を見直すと、なかなかの美人だった。ただ切れ長の目というか、やや険のある気の強そうな目元をしていて、好みが分かれるだろうなとは思った。

「大丈夫です」

五木が買物をすると、二〇〇〇円前後になることが多い。西暦で考えたときに意味のある数字だと、少し得をしたような気分になる。たとえば一九五九円の場合には彼の生

年だし、一九八九円なら刑事になった年、一九九二円は妻と結婚した年である。一九九四円に長女が生まれ、一九九六円には次女が生まれた……。

今日は最初二〇〇二円だったが、レジ袋代の五円を足すと二〇〇七円になる。まさに今年だ。これは初めてだ。気持ちいいぞ。

店員がＰＯＳをピッと通して袋をカゴに入れると、総額の表示が二〇〇二円から二〇〇八円に変わった。

まあまあることではあったが、五円かかりますと言って六円増えたことが五木の癪に障った。小銭入れの中の少額硬貨が七円で、袋代がちょうど払えると思っていたのに払えなくなったことが拍車をかけた。

「すみません。やっぱり袋はいりません」

五木がそう言うと、店員は不機嫌さを露骨に示したが、無言でレジ袋の代金を引算した。

「二〇〇二円です」

五木は千円札を二枚と一円玉二枚をカルトンに置いた。レシートを受け取って、商品の入ったカゴを持ち上げようとしたタイミングで、思い出したような顔で言った。

「あっ、すみません。やっぱり袋、いただけませんか？」

店員のイライラは頂点に達したようだった。一度大きく息を吸って吐いてから、

「五円かかります」

五木がカルトンに五円玉を置くと、先ほどカゴから取り除いたレジ袋が無言で手渡された。そこで止めておけば良かったのだろう。だが彼は、申し訳ないという気持ちがあったからこそ、言葉を足したのだった。

「でもやっぱり、五円かかりますって言って、ピッてやったら六円増えていたら、五円じゃなくて六円かかってるじゃん、言ってることが違うじゃんって思いますよね。だからたとえば、袋の本体価格を五円じゃなく、えーっと……四・七六円？　とかに設定しておけば、消費税五％を足しても四・九九円になるだけだから、そういう事態は防げますよね」

「本体価格は一円単位でしか設定できません」

「だったら煙草みたいに特殊な設定にすればいいじゃないですか。煙草は消費税が加算されませんよね」

「煙草はレジでは非課税品の扱いですんで、内税で処理できます。レジ袋は課税対象商品ですので内税にはできまへん」

最後には完全に関西弁になっていた。

「うん、まあ、そうなんだろうけどさ」

「もうええですか？」

目つきの鋭い店員は、五木にくるっと背を向けると、またひとつ聞こえよがしに大きく息を吐いた。

二〇一五年（平成二十七年）九月二十五日、金曜日。

午後六時五十六分。三浦卓也が会社を出てバス停に着き、スマホで現在時刻を確認したところ、SNSのダイレクトメールに着信があることに気づいた。送信はわずか二分前で、送信者は八代舞子（やしろまいこ）だった。見ると一言、

《すぐ返信して》

《どうした》と返信すると、

《助けて。大変なことになった。すぐ家に来て》

夫と二人暮らしで子供はいない。歳は三浦よりひと回り下と言っていたので今年で三十四歳のはず。

続くメッセージで富士市内の住所が伝えられてきた。「セブンスタワー富士」というマンションの八〇八号室。東海道線の富士駅南口を出て徒歩一分の場所に建っているという。バスと電車のタイミング次第だが、およそ一時間あれば行けそうだ。

それにしても何があったんだ。なぜ不倫相手を自宅に招こうとしているのか。

《今から行こうと思えば行けないこともないけど》

《だったら来て。助けて。緊急。急いで。走って》
《修羅場は嫌だ》
《修羅場にはならない》
《わかった。なるべく早く行く》
そう返信する一方で、妻にも《今夜は残業で遅くなりそうだ》とメールを送信しておいた。これでとりあえず富士まで行くことが決定した。
八代舞子はSNS上では「マイケル8世」と名乗っており、観たミステリドラマや読んだミステリ小説の感想を呟いたりしていたので、三浦としても最初は、自分と似たことをしている人がいるなという程度の認識だった。お互いにフォローはしていたが、SNS上で直接絡むようなことは特に無かった。だが二年前、静岡市内で開催されたミステリ系のイベントを観覧しに行ったとき、三浦が会場内の写真を載せたら《わたしも同じ会場にいるよ》というダイレクトメールが届いて、そこで初めて顔を合わせたのが、二人の関係の始まりだった。
三浦は大学時代に書店員をしていた女性を見初め、付き合い始めて、彼がUターン就職を決めたタイミングで入籍をした。今年で結婚二十四年になる。男女二人の子供に恵まれて、長男は来年四月に地元の大学を卒業予定、娘は来春成人式を迎えようとしている。

二年前に八代舞子とそういう関係になったのが人生で初の浮気だった。彼女からのお誘いはその後も月に一度ほどのペースで続いており、罪悪感が次第に麻痺してゆく中、気が付けば二年が経過していた。

《来るときは顔を見られないように、マスクとサングラスと帽子で隠して》

バスに乗ったところで思い出したように舞子からの指示が届いた。マスクは自前のものが鞄に入っているが、サングラスと帽子はどこかで調達する必要があった。駅ビルでちゃちゃっと買うことにしよう。

《何があったか教えて》と返信してみたが、《来ればわかる。とにかく助けがほしい》としか言わない。

買物に予定外の時間を取られたが、特急ふじかわに乗れたので夜八時過ぎには富士駅に着くことができた。目的のマンションは名称に「タワー」という単語が入っているわりには高さはそれほどでもなく、普通のマンションと何ら変わらない外見をしていた。言われたとおり帽子とサングラスとマスクで完全防備したが、特に誰に見られたりもせず、エレベーターにも一人で乗って、無事に八〇八号室の前まで辿り着いた。

インターホンのボタンを押すと、ドアが内側から開けられ、中にいた八代舞子が素早く三浦を招き入れた。

「何も触らんといて」

廊下の左にバスとトイレのドアが、右手にもドアがひとつあり、突き当たりのドアを開けるとＬＤＫで、黒革のソファには男が一人倒れていた。赤と黄色の火焔模様が入った、黒いジャージの上下を着ている。目を剝いたままピクリとも動かない。頭部が血で汚れている。床には凶器と思われるブロンズ像が落ちていた。

「誰？　旦那さん？」

舞子はコクリと頷いた。

「死んでる？」

ふたたびコクリと頷く。たしかに大変なことが起きていた。

「俺を呼んでどうするつもりだったんだ」

「これ見て」

舞子がスマホの画面を見せてきた。一瞬ドキッとする。撮った覚えのない舞子とのツーショット写真が表示されていたからだ。よく見ると男は三浦ではなかった。別の写真も見せてくる。その写真でも、舞子と一緒に写っている男は三浦によく似ていた。

「これが旦那？　この人？」

目の前の死体は苦悶の表情を浮かべているので何とも判別のしようがなかったが、写真を見た限りでは、三浦によく似た目鼻立ちをしているようだった。

「わたしのストライクゾーン、めっちゃ狭いねん。浮気相手も旦那そっくりの男を選んでまうねんな。そこで思い付いてん。今日からあんたがうちの旦那になりーや。この死体を始末して。もし見つかって警察が来ても、うちの旦那はここにいてます、その死体はよう知らん言うて、どこの誰ともわからん死体やったら、うちに動機もあれへんから容疑者にならずに済むやん」

「いやいや、俺の生活はどうなる。三浦卓也とお前の旦那と、二重生活をしろと言うのか？　仕事は？　お前の旦那の仕事を俺ができるか？」

「うちの旦那はいま無職やねん。去年の年末にご両親が事故で死なはって遺産が転がり込んできて、それで仕事を辞めてぐうたら過ごしててん。だからあんたがうちの旦那になってくれたら、お金には苦労せえへんで」

「いや、だとしても俺には俺の生活があるから。家族がいるから」

「は？　妻子持ちなん？」

舞子はポカンとした表情を見せた。

「言ってなかったかな。でも気づいてはいたよね？」

「やっぱりそうやったんか。だったら――うちの計画に協力してくれへんかったら、うちらの関係、奥さんにバラすけどそれでええんか」

結局そういう流れになるのか。浮気が家族にバレるのは避けたい。でもだからと言って、舞子の考えている計画は無茶である。

「今後の人生をずっと別人に成りすますのは無理があるけど、たしかに俺とこの人は顔も背格好も似ている。それを使って何かできないかと、実はさっきから考えてるんだけど」

「トリック？　さすが年季の入ったミステリファンやな。麻耶雄嵩（まやゆたか）と同じ六十九年生まれやし」

「黒田研二（くろだけんじ）とも同じだけどね」

「クロケンさんをマイナスに使うのは失礼なんとちゃう？」

「たしかに。申し訳ない」

「あのクイーンも、俺たちは六十九年に生まれたかったって言うてはるし」

「どのクイーンがだよ」

「フレッドと何とかリーの、あのクイーンやて」

「《何とかリー》じゃなくて《マーキュリー》だろう。フレディ・マーキュリー。ちなみにロッキューは数字じゃなくて英語だぞ」

いつものように軽口を叩（たた）いているうちに、ぼんやりとだが舞子を救う計画が浮かび上がってきた。

「旦那はいつ死んだ？　何時ごろ？」

「あんたにメッセージを送ったのが死んだ直後だったから……何時？」

「うーん、七時前ってところか。その死亡時刻を九時ごろにずらす。今何時だ？」

「八時十五分」

「お前はじゃあ今から俺の計画を聞いたらすぐにこの部屋を飛び出す。明日の朝までアリバイを作る。富士市内に朝まで営業している飲み屋とかはあるか？」

「どうやろ。たぶん無いと思うけど」

「だったら電車で静岡まで行って、S通りのPって店に行け。朝五時まで営業してるから。一軒目はその向かいのQって店に行ったほうがいいか。そこでノリの良い客と仲良くなって、一緒にPに移動して朝まで飲む。旦那と喧嘩して家を飛び出してきた、今夜は帰らない、朝まで飲みたいから付き合ってって言って。朝になったら富士に戻ってきて六時とか七時とかに死体を発見して警察に通報する。その間に俺が旦那に成りきって、九時ごろにこの近所のどこかで目撃される。お店に入って何かを買うのがいいと思う。いつも行ってる店だとさすがにバレると思うんで、旦那が行ったことがない店がいい。そこで買物をする。お金を払う。旦那の指紋のついたお札がお店に残る。千円札や五千円札だとその後の客が一万円札とかで支払ったときのお釣りとして渡されて、店に残らない可能性があるから一万円札がいい。旦那の財布はどこだ？」

　舞子は廊下を戻って玄関の靴箱の上の籐籠を指差した。折り畳み式の黒革の財布で、三浦が使っているものとほぼ同じに見えた。よく見れば違うメーカーのものだったが、よっぽど目を近づけて見ない限りわからない。

「旦那の財布に俺の指紋をベタベタ残すのは得策じゃないんで、財布はよく似た俺のを使う。中の札や小銭やカードは全部抜いて、旦那の財布から一万円札一枚だけを入れる。……待てよ。ＡＴＭから一万円札が何枚か出てきたとき、いちばん上といちばん下には指紋は残るけど、間の何枚かには旦那の指紋がついてない可能性があるか。念のために旦那の手をスタンプ代わりにして、使う一万円札に指紋をプリントしておこう。でもそうなると、自然にお札を持った感じの指紋がうまく付けられるかどうか……」

「指紋が必要なん？」

「やっぱり店員の証言だけじゃ弱いと思う。防犯カメラが店内にあって映像が残るとしても、よく似た別人の可能性は残るし、実際それが真相なだけに、それとは違う物証を残しておきたい」

「それやったらどの万札でも大丈夫やで。うちの旦那、五万とか十万とかちまちま下ろして、そのたんびに手数料を取られるのはアホくさい言うて、現金を下ろすときにはまとめてガバッと百万下ろすことにしててん。で、百万まとめて下ろして帰ってきたら、絶対に枚数を数えるやろ。こうやって一枚一枚数えて、ちゃんと百万あることを確認してから、箪笥（たんす）の抽斗（ひきだし）に入れよんねん。そんでそこから五万、十万と持ち出していって、箪笥の現金が無くなるとまた銀行から百万下ろしてくるねんけど」

「じゃあ旦那の自然な指紋のついた万札はすでにあると」

舞子は自信たっぷりに大きく頷いた。二人してＬＤＫに戻り、箪笥の抽斗を確認する。一万円札が七十枚ほど束になって仕舞われていた。

「お店に指紋のついたお札を確実に残すために、千円や五千円じゃなく一万円札で買物をする。でもそうするとお釣りがたくさん返ってくる。かといってガムとかじゃなくてもっとたくさん、何千円も使えばいいのかっていうと、たとえばコンビニとかで何千円も支払うとそれだけで目立つし。うーん……公共料金の振込とかは無い？」

「公共料金じゃなくて通販の振込用紙が、あるときはあるんやけど、今は一枚も。あとそこらへんのコンビニは、うちの旦那がよく行ってたから、本物の映像とかが残っていそうで、比べられたらバレるかもしれんで避けたほうがいいかも」

「コンビニじゃなくて、うーん、駅前だからほかに夜九時ごろまでやってる店、旦那が行ったことのない店で今夜ふらりと行ってもおかしくない店はないかな？」

舞子はしばらく考えていたが、パッと何かを思いついた様子で、

「それやったら駅前のケーキ屋さんがええと思う。シュガーハートいう店で夜十時までやってる。今日は何曜？　金曜日？　やったら大丈夫。やってる」

「ケーキか。妻と喧嘩して妻が出て行ったあと、しばらくして反省して、妻のためにケーキを買って帰りを待つというストーリーが成り立つな。今まで行ったことのないケー

キ屋に今夜行った理由もそれで説明できる。ホールのケーキなら何千円の単位だろうから お釣りも少なくて済むかもしれない」

「お釣りが多いとあかんの？」

「お釣りには今度は店員の指紋がついている。それが旦那の財布の中で見つかることで、よりアリバイが補強されるんだけど、それには店員の指紋だけじゃなく、受け取った旦那の指紋も付いていなければならない。結局は旦那の手をスタンプ代わりにして指紋をつける作業が必要になるんだ。それをできるだけ少なくしたい」

「なるほど。うちにも計画が見えてきた。いけそうやん」

「ただこの格好で行くわけにはいかない。旦那の服に着替えないと。旦那の普段着は？」

三浦が聞くと、舞子は死体を指差した。

「このジャージ？」

「駅前に買物に行く程度やったらまずこのジャージやろな。他の服着てたら不自然に思われる」

「血とかは付いてない？　大丈夫かな？　だったら脱がせよう」

舞子は「えーやだ」と言いながらも作業に手を貸してくれた。ソファの革に三浦の指紋を残さないためには彼女の助力が必要だった。彼は自分のスーツを脱いで死体から脱がせたジャージを着込んだ。自分の財布の中身を空にして、舞子の手で簞笥預金の中から一万円札を一枚入れさせる。

「待って。この一万円支払うとき、あんたの指紋も付いてまうやん」

「お札は人の手から手に渡るものだから、いろんな人の指紋がついているのは自然だ。問題はお前の旦那の指紋とケーキ屋の店員の指紋がこの一万円札と、店員からのお釣りにしっかりと付いているかどうかだ。警察もその点に注目するはずだし、それ以外の人の指紋は気にしないはずだ」

最後の部分は、そうあってほしいと願うしかない部分である。

「待てよ。警察が捜査して、この箪笥の中の現金の束に注目したとしよう。調べてみたところ全部のお札に旦那の指紋がついている。その指紋の付き方が、ケーキ屋に渡した万札の指紋と同じだと気づかれたらまずい。店員に渡すときの指紋じゃなく、万札を一枚一枚数えたときの指紋だとバレるかもしれない。だからこの万札の束は残しておくわけにはいかない。旦那の財布の中の万札も同じだ。全部俺が持ち帰るしかない」

舞子はしばらくの間、抽斗の中の札束を名残惜しそうに見つめていたが、最終的には頷いた。

「せやな。あんたの言うとおりやわ。うちにある万札は全部持って行きーや。とりあえず目先の報酬ってことで。もしわたしが無罪になったら、また別途お礼をせなかんやろけど」

「待てよ。お前のアリバイが成立した場合、代わりに疑われるのは俺じゃないか？　帽子とサングラスとマスクで顔を隠し、エレベーターを八階で降りた男。その男が現れてから、旦那がケーキを買いに行って戻ってくる。旦那が殺されて、また帽子とサングラスとマスクの男が八階からエレベーターで出てくる。お前にアリバイができて犯人じゃないとなったら、そいつが犯人じゃん」

「でもその不審者が三浦卓也だって証拠は無いんやろ？」

「待てよ。その不審者の俺が八時過ぎにこのマンションに来て、お前が八時半とかに出て行ったらまずいだろ。二人に接点があるように思われる」

「それやったらうちは非常階段を使うことにする。外階段やからたぶん防犯カメラとかは無いはずや。内側からは開けられるんやけど、外からは開けられへんようになっとうんよ。だから監視する必要がないはずやねん。そこから出てけば、うちがマンションを出た時刻は特定されへん。もっと早い時間に出てったことにすんねん。七時に旦那と喧嘩して部屋を飛び出た。エレベーターを使うと旦那が追い掛けてくると思って外階段を使うた。そんで静岡行の電車に乗った——」

「ちょっと待った。駅の構内には防犯カメラがあって、実際に乗った時刻はいずれ特定されるだろうから、そこは嘘をつかないほうがいい。七時にマンションを飛び出して、路地裏とか公園とか、監視カメラのない場所にしてほしいんだけど、どこかそのへんでしばらく時間を潰していた。八時半になって――もうそろそろだな、急ごう――今夜はもう家には帰らない、静岡に行って朝まで飲もうと決めて電車に乗った。七時に非常階段から出たことにするんだったら、そんなふうに証言してほしい。あとその場合は携帯電話は置いて行くように」

「何で？」

「GPSで何時にどこにいたか、時間と場所を特定される可能性がある。でもスマホを置いて出たことにすれば、お前自身が何時にどこにいたかは特定されない。だから財布だけを持って非常階段から出て、今から駅に向かって静岡まで行って――」

「最初にQで飲んで、仲間を連れてPに移動して朝まで飲む。そやったね？」

「そうだ。その間に俺は九時前後にケーキ屋に行って、旦那がその時刻までは生きていたことを証明する。あとは何だ。何か忘れてないか？」

「ダイレクトメール」

「そうか。俺も念のために消すけどお前も消しておいてくれ。今じゃなくて、明日の朝帰宅してから警察に通報するまでの間にやればいい。あと今後しばらくの間はお互い連絡を取り合わないようにすること。いいね？」

「わかった」

「じゃあ行け。すぐに」

現在時刻は午後八時三十二分。舞子が部屋を出て行ったあと、三浦は念のためにスマホの電源を落とした。

二〇一五年（平成二十七年）九月二十六日、土曜日。

朝七時過ぎ、ＪＲ富士駅前のマンション「セブンスタワー富士」の八〇八号室で、戸主の八代幸助が殺害されているとの通報が妻の八代舞子からあり、富士署の機動捜査隊が臨場して死体を確認、刑事課の第二班が捜査にあたることになった。

夕方には県警本部から捜査一課第四係が富士署に派遣されてきた。五木重太もその一人だった。

富士署は十年ほど前に勤務していたので、刑事課の多くが顔見知りだった。今回コンビを組むことになったのもそのうちの一人、五歳下の古川刑事だった。

「どんな様子だ」と聞くと、

「奥さんが怪しいんですよ。ただアリバイがあるみたいで」

富士署の署長が入室して全員が起立する。第一回捜査会議が始まった。戒名は「富士駅前マンション戸主殺害事件」に決まった。

出席者全員にＡ４用紙五枚からなる資料が配布された。初動捜査の成果だ。二枚目に被害者の妻、八代舞子のカラー写真が載っていた。五木はその写真を見て首を捻った。

は て、どこかで見た覚えがあるような。

捜査会議では富士署の刑事たちによって、初日の聞き込みで明らかになった情報が披露されていった。たいがいは手元の用紙にまとめられている情報の繰り返しだった。

資料によると、現場のローテーブルの上に紙袋に入ったケーキが置かれていた。箱が大小二つあり、大箱には小ぶりのホールケーキがひとつ、小箱にはモンブランが二個入っていた。「シュガーハート」というその店で聞き込みを行ったところ、昨晩応対した店員は出勤前で不在だったが、スマホを使って確認してもらったところ、被害者と思われるジャージ姿の男が前日の午後九時ごろ来店して当該のケーキを買って行ったことが確認された。

だが検視官が現場で判定した死亡推定時刻は、九月二十五日の午後五時から八時の間。後に浜松医大に依頼した法医学鑑定でも同じく五時から八時の間と推定されている。

死体がケーキを買いに行ったのか。それとも死亡時刻の推定に誤りがあったのか。専門医の鑑定に一時間程度の誤差が出る場合があることは、五木も承知している。

若い刑事が挙手をして指名を受けてから発言をした。手元の資料にない新情報だという。

「シュガーハートでその男は一万円札を出したというので、金庫に保管されていた前日の一万円札の売上金が、全部で五枚あったのですが、それを全部借り受けてきて、指紋の検査を行いましたところ、そのうちの一枚からガイシャの指紋が検出されました。一昨日（おととい）以前のものではありません。昨日同店で客が支払いに使った一万円札の中の一枚です。午後九時に来店した客が支払ったもののようです」

「だとするとやっぱりガイシャは、午後九時までは生きていたということになるのか」

壇上の席で、富士署の捜査一係長がそう言って、目を瞑（つぶ）ったまま首を左右に振る。別の刑事が発言をした。

「係長、そいつが偽者だったという可能性はまだあります。とにかくガイシャの妻の八代舞子が怪しすぎます。今日の昼に行われた第一回の事情聴取の映像を短くまとめたものがありますんで、まずは何も言わずにそれを見てください」

会議室の照明が落とされ、PCと接続されたプロジェクターから、正面のスクリーンに取り調べの様子を写した映像が投影される。

その動画を見て五木は「ああ」と心の中で呟いた。どこか見覚えがあると思っていた八代舞子は、彼がBと呼んでいた富士官舎近くのスーパーでレジ係をしていたあの女だった。顔立ちだけでは思い出せなかったが、彼女の話すコテコテの関西弁を聞いた途端、レジ袋の一件を思い出したのだった。

「──あのー、うち、ブロンズ像のことはホンマに知らんのです」

「ブロンズ像？」

「あ、いえ、あの、凶器です。うちにこれくらいのブロンズ像があったんですけど、それが見当たらなくて、だからそれが凶器やったんちゃうかなって思って」

「その像だけですか？　お宅から無くなっているると思われるものは」

「はい。あのー、うちよくあのブロンズ像を手に持って、ええ像やなーって眺めてることが多かったんです。だからあの像からもし指紋が見つかっても、そうやってよく手に持ってたときの指紋ですんで、間違えんようにしてください」

確かに映像の中の八代舞子の態度は、不自然きわまりなかった。映像が飛んで別の場面に移る。

「今朝、警察に通報する直前に、アカウントを削除しましたね？　それはなぜ？」

「それは、でも……だって家に帰ったら旦那が死んでたんですよ？　呟いてる場合とちゃいますやろ？　そんなアカウント、持ってるだけで不謹慎やと思いません？」

「いや別に、今後しばらく呟かないだろうと思ったにしても、アカウントごと消すのはおかしくないですか？　それにまるごと削除したとしても、ログは調べようと思えば調べられますよ」

「そそそ、そんなん許可しません。令状令状、令状がありますか？　令状なかったらケータイ渡しませんよ絶対。無理やり奪おうとしたら壊しますよ」

三分ほどにまとめられた映像を見ただけでも、彼女が犯人だという心証は、五木たち捜査員の心に根を張ることとなった。

スクリーンを片付けている間に、古川刑事と言葉を交わす。

「これは二、三日もしないうちに落ちそうだな」

「彼女が犯人だとすると、やっぱりケーキ屋に現れたのは替え玉ですかね」

「そうみたいだな」

その後の方針決定の議案で、ケーキ店「シュガーハート」への追加聞き込みを、五木と古川の二人が担当することが決まった。同店に現れた男が本当にガイシャだったのか、それとも替え玉だったのか、それが今回の事件捜査のキーポイントになると誰もが思っていただけに、大事な捜査を任されたという自負の念が五木の中に生じる。

ケーキ店は本日も夜十時まで営業しているという。七時に捜査会議が終わってすぐに、五木は古川を連れて富士駅前の「シュガーハート」へと向かった。昼間の聞き込み時には不在だったという、松田（まつだ）という二十代半ばの女性店員が、五木たちが訪れたときには出勤していたので、奥の事務室でさっそく話を聞くことにする。

「昼間は三枚の写真をスマホで転送して見ていただいたという話でしたけど、今回は大量の写真と動画を用意してきました。それを見て確認していただきたいんですけど」

ガイシャの携帯電話のロックが解除できたので、中に入っていたデータを古川刑事が自分のスマホに移して持ってきていた。それを松田に順に見せてゆく。

「はい。たしかにこういう顔をしていたとは思うんですけど」

「これはどう？　動画なんだけど」

三十秒ほどの動画を見せると、松田の眉（まゆ）が顰（ひそ）められた。

「何か、話し方が違うような」

「どう違います？」

「この動画だと、声と態度がとにかくでかい感じですけど、昨夜いらっしゃったお客さんは、もっと声も細くて態度もおどおどしていたように思います」

「その映像は無いんですよね」

「はい。レジの天井に防犯カメラがあるように見せてるんですけど、あれはダミーで、実際には何も録画されていません」

「そうなると余計にあなたの証言が重要になります。男が店に入ってきてから帰るまで、何分ぐらいいました？　どんな様子でした？」

「入店されてからずっとショーケースの中を順にご覧になっていました。三分ぐらいかけてケーキを選んで、買う商品を決められたところで私のほうをチラッと見て、呼ばれたように思ったので近づいたところ、《これ一個》とホワイトホールケーキ苺（いちご）を指差してから、《あとこれを二個》と言ってモンブランを指差されました。その三つを大小ふたつの箱に私が入れて、紙袋に入れて、レジで会計をして、お客様が紙袋を持って出て行かれるまで、全部で五分ほど店内にいらっしゃいましたでしょうか」

「一万円札で払ったんですよね？　それはどんな感じで？」

「こう、お財布から抜き出して、カルトンの上に置かれました」

「カルトン？」

「あの、お客様がお金を置くための、青いお皿みたいなやつです」

「それをあなたが取り上げて――？」

「レジを開けて、中からお釣りを取り出して、お客様に手渡ししました。お札を下にして、その上にレシート、さらにその上に小銭という順にまとめて、それをお客様の手の上に置きました。お客様はたしか右手で受け取ったと思います。で、あ、そうです。そのとき、お客様は一瞬、その全部を――いえ、たぶんお札は別として、小銭全部をだと思うんですけど――レジにプラスチックの募金箱が置いてあるんですよ。そこに小銭を全部入れようとするようなそぶりを、一瞬だけされたように思うんですけど、それは一瞬でやめて、左手に持っていた財布の中に小銭とお札とを分けて仕舞ってらっしゃいました」

　古川刑事と松田店員のやり取りを、五木は黙って聞いていた。事務室のドアは半開きにしてあって、隙間から店内の様子が見て取れる。今はちょうど店内に客の姿が無かった。

「一回お店のほうに出て説明してもらおうかな」

五木が言うと松田は少し怯えたような表情を見せたものの、すぐに「はい」と快諾して席を立った。

「なるほど。昨日の男はこうやって商品を眺めていたんですね」

五木はショーケースの中に並べられている大小さまざまな色と形をしたケーキを端から順に眺めて行った。

「購入したケーキはどうやって決めたんだろうね？」

古川に話し掛けたつもりだったが、その質問に松田が反応した。

「あの……もしかしたら、なんですけど、昨日のお客様は、大きさとか材料とかではなく、お値段を見てご購入されるケーキを決められた可能性があるんじゃないかと思っていました」

「それはどういうこと？」

松田は少し言いにくそうにしていたが、やがて意を決した様子で、

「昨日のお客様が買われたのはこちらの、ホワイトホールケーキ苺ですが、お値段が三二四〇円です。あとはモンブランですが、こちらは一個三七八円です。二個で七五六円。ホールケーキと合わせて合計が三九九六円になります。ご予算が四〇〇〇円でギリギリまで使いたいと思われていたとしたら、こういう組合せになるかもしれないとふと思っ

たのです。でも、だとしたら私、申し訳ないことをしてしまったのかもしれません」

「というと？」

「そちらの価格は、実は税抜き価格なのです。お支払いの際には、その価格に八％の消費税がプラスされます」

ああ、そういうことか。たしかにホールケーキの三二四〇円という値段は、税込み価格のような数字である。モンブランのほうはどうだろう。定価が三五〇円として、その八％は二八円、税込みで三七八円か。なるほど。たしかに税込み価格のように見える。

「もともとは税込み価格で表示していたのです。でも八％に上げてまたすぐ十％に上げるという話があって、その関係で税抜き価格の表示でもいいって話に変わったんで、今まで税込み価格だった金額のまま、税抜き価格にしてしまおうと、昨年の十月に店長が決めたんです。お客様にとっては実質八％の値上げになりますよね？　あと数字が数字ですんで、税込みだと勘違いされるお客様がけっこう多いんです。昨晩のお客様もそうだったんじゃないかと思ってたんで……」

「なるほど。で結局、税込みだと四三一五円になったと。お釣りが五六八五円」

本部が回収したレシートに記載されていた数字である。五木は手帳を見ながら話している。

「これは五千円札一枚と、小銭が五百円玉一枚、百円玉一枚、五十円玉一枚、十円玉三枚、五円玉一枚ですね？　小銭が全部で七枚」

「そうですね。そういう形でお釣りをお渡ししたはずです」

「あと松田さん、あとで指紋を採取させていただきたいのですが」

「あっはい。それは別に構いません」

　昨晩この店に現れたのが、ガイシャ本人ではなくその替え玉だったとしたら、授受された現金には、ガイシャと松田店員のほかに、その替え玉の指紋も共通して付いているはずである。替え玉が自分の指紋を消した場合には、松田店員の指紋も消えてしまうので、それならそれで不自然な点として証拠になる。店員に渡された一万円札、お釣りの五千円札、そして七枚の硬貨を調べれば、替え玉の存在の有無が確定できるはず。

　しかし実際にはそんな手間を掛ける必要もなかった。

　意気揚々と富士署に戻ったのが午後八時前。捜査本部はざわついていた。

「おう五木、古川。ガイシャの妻がゲロったぞ」

　捜査一係長がそう言って話し掛けてきた。

「え、本当ですか？」

「本当だ。呆気(あっけ)ないもんだな。替え玉の正体も判明した。三浦卓也四十六歳。静岡市在住だが町名番地等は不明。電話も不明。だがフルネームがわかってるなら住所もわかるだろう」

「はい。私から言って調べさせます」

係長は五木たちに三浦の漢字表記を教えたあと、

「君たちには三浦卓也の確保をお願いしたい」

というわけで古川刑事の車で五木は静岡市へと向かうことになった。バイパスを使って二十分ほどで静岡市清水区に入る。そこで五木のスマホに県警本部からの連絡が入った。三浦卓也の住所が判明。静岡駅近辺に向かうためにさらに二十分ほど車で走る。

「ねえ五木さん。僕はガイシャの偽者の気持ちがわかった気がします」

運転をしている古川が話し掛けてきた。

「偽者の気持ち？」

「ええ。五六八五円のお釣りの件。そのうちの小銭七枚、六八五円を、偽者は募金箱に全部入れようとした、そんな感じだったと、さっき松田さんが言ってましたよね。あれって本当だったら、ケーキの組合せをうまく選んだので代金が三九九六円になった、だからお釣りは六〇〇四円になるはずだ、そのうちの四円は、自分の指紋が付かないように渡された場合には募金箱に入れてしまおう、そうすれば持ち帰ってガイシャの指紋を押し付けるのはお札二枚だけで済むって、会計をするときに考えていたんじゃないですかねえ。それなのに五六八五円という予想外のぜんぜんキリの悪い金額を渡された、でも当初の計画どおり指紋が付かないように渡された六八五円を募金箱に入れようか、いやそれはさすがに不自然で目立つからやめておこうという葛藤が、その一瞬の動作に現れたってことだったんじゃないですかねえ」

　古川のその説明に、五木はなるほどと思った。

　三浦卓也は閑静な住宅地に一軒家を構えていた。古川刑事を車に残し、五木一人で玄関に立ち呼鈴を鳴らすと、奥さんと思われる小柄な美人がドアから不審顔を覗かせた。

「ご主人はいらっしゃいますか？」

　夫人に代わって奥から現れた三浦を見て、五木は思わず「ほう」と口にしてしまった。三浦はガイシャと非常によく似た顔と背格好をしていた。

　五木が名刺を手渡すと、三浦は観念したような表情を見せた。

「ちょっとそこまで行ってくる」

　奥に向かって声を掛け、靴を履いて玄関を出る。ドアを閉めたところで、

「刑事さんがこうして訪ねてらしたってことは、すべて明るみに出たってことですよね？　僕がやったのはアリバイ作りの事後共犯で、犯行そのものには一切関わっていません。不倫のことを妻にバラされたくなければ協力しろと言われたので仕方なく――」

「話は富士署で聞かせてもらう」

　五木がそう言うと、三浦はしゅんと萎れてしまったが、古川の車に乗り込むときに、また話し掛けてきた。

「何が悪かったんですかね？」

実際には主犯の八代舞子がゲロってすべてが明るみに出ただけなのだが、三浦卓也がもっと別の答えを聞きたい様子だったので、五木は考えた末に言った。

「消費税だな」

「ああ、あれか……」

そう言って、三浦は悔しそうな表情を見せた。

いや別に、それが決め手だったわけでも何でもないのだが。

二〇一九年（令和元年）十月一日、火曜日。

その前月、九月中旬に六十歳の誕生日を迎え、警察官を定年退職した五木重太は、再就職ではなく、いったん無職の生活に入ることを選択した。官舎から民間のアパートに転居し、身辺の整理を終えた後は、現職時代にお世話になった人たちを訪ねて回ることに決めていた。

九月中は静岡市内の関係者を回り、十月一日の今日は藤枝署時代の知人に会いに行く予定だった。東海道線の藤枝駅で下車し、藤枝署に向かう道を歩いているとき、刑事拝命初日に朝食を買ったバーガーショップがまだ営業しているのを見つけ、懐かしさを覚えながら店に入ってみた。三十年前とは違って、今では外を見ながら食事ができる小さなカウンター席が三人分設けられている。

「いらっしゃいませ。メニューをご覧になってお選びください」

ひとつしかない注文カウンターに現れたのは、笑顔が可愛い三十歳前後の女性だった。

「じゃあ、ハンバーガーと、チーズバーガーと、ポテトのMを貰おうか」

三十年前と同じメニューを注文する。テイクアウトかイートインかを訊ねられたので、どうせならここで食べて行こうと決めてそう伝えると、

「はい了解しました。ちなみに本日からイートインのお客様に限って、消費税が十％に上がってしまいますが、よろしかったでしょうか？」

そういえばそうだった。これも何かの巡り合わせだろうか。

「大丈夫です」

「では、三点で税抜き五六〇円、税込みで六一六円になります」

「そうか。消費税が十％になっても、税込み価格はキリの良い数字にはならないのか」

「そうです。小数点以下の端数がゼロになるケースは増えるでしょうけどね」

小銭入れには当然のように一円玉や五円玉が入っていて、五木は小銭でちょうど六一六円を、カルトンの上に置くことができた。

「懐かしいなあ。実は平成元年の四月一日、消費税三％が初めて導入された日に、私はこの店で同じメニューを購入したんです。あのときも定価は五六〇円だった」

すると女性はびっくりした様子で、

「平成元年ですか？　だとすると私はまだ母のお腹の中にいました」

あのときのお腹の中の子がこの子か。

三十年の時の流れを感じた。

自分にとっては刑事生活とほぼ重なっていた、平成という時代。

娘たちは元気にしているだろうか。

実は今月末、十二年ぶりに二人に会う約束をしている。

中一と小五だった二人が、今はもう成人して、二十五歳と二十三歳になっている。

妻は五十三歳か。

五木重太は目を閉じた。

自分の余生はあとどのくらいだろう。消費税程度――一割程度は残されているだろうか。そう願いたい。

そしてもし許されるのならば、その余生は、彼女たちのために使いたい。

九百十七円は高すぎる

当番の子たちが清掃を終わらせるのを廊下でしばらく待った後、教室に戻ってぼーっとしていると、ほどなく敦美（あつみ）がやって来た。

「杏華（きょうか）、おまたー」

「またんこー」

そんなに待ってないよ、というニュアンスを込めてテキトーに思い付いた言葉を口にした瞬間、中学のときに「おかえりんこー」でまんまと嵌（は）められた記憶が蘇（よみがえ）った。焦ったけど今回は大丈夫。敦美も「何それ」と言ってケラケラと笑っている。

私は机の上にお弁当を広げた。午前授業なので放課とともに帰る子が多かったが、午後に部活のある子は私たちみたいに校内で昼食を摂（と）る。といってもウチの高校には学食や購買部といったものがないので、お昼はいつも私みたいに手作りのお弁当を持ってくるか、敦美みたいに近所のコンビニで買ってきたパン等で済ますかのほぼ二択になる。お昼休みの外食が禁止されているからだが、よくよく考えたら土曜日のお昼は放課後の扱いになるのではないか？　いや、午後に部活のある子の場合はならないのかな？

「雨、降りそうだよ」

前の席の椅子を逆向きにして座り、荷物をがさごそさせながら敦美が言った。

「え、マジ？　朝の予報だとたしか三十パーセントって言ってたはずだけど」

「今の空の感じだと六十パーセントくらいありそう。降るなら降ってくれればいいのに」

敦美の発言が気になって、いったん席を立ち、窓際まで移動して空を見上げてみた。東の空は明るいのに、上空はたしかに濃い色の雲に覆われていた。

「いっただっきまーす」

その間に敦美はひと足先に、メロンパンに齧(かじ)り付いていた。

私と工藤(くどう)敦美はクラスは違うけど、ともにソフトボール部の一年生である。十月二十三日の土曜日。秋の新人戦が間近に迫っており、新チームでは部員全員がベンチ入りを果たしたこともあって、今日も午後一時半から五時半までの四時間、グラウンドを使って本格的なバッティングと守備の練習が行われる予定であった。

好きで選んだ部活だし、東京オリンピックでの日本代表の活躍を見てさらにソフトが好きになりはしたけど、とは言え別に県内で一、二を争う強豪校というわけでもないし――そりゃあ上手にはなりたい気持ちはあるけど、でもガチで強くなりたいかと言われるとそれはちょっと違う感じで――土曜の午後まで部活で潰れるのは、よくよく考えたらどうなんだろうって思わないでもない。

七月までは、前キャプテンの福永さん（大好き！）と過ごす時間がそれだけ多くなるというのが嬉しくて、何の疑問も抱かずに、土曜の午後の練習も嬉々として参加していたんだけど——二学期からはそれも無くなったし。

公立なら土曜日は丸々休みのところを、午前授業に出てるだけでも大違いなのに。今は正直、やりたいことがいろいろと多すぎて、土曜の午後くらいは自由に過ごしたい気持ちのほうが大きい。

今のうちに雨が降ってくれれば、午後の部活が休みになるんだけど……。

お昼を早々に食べ終えて、しばらくの間は二人で雑談をしていたが、敦美が不意に教壇側の壁の時計を見て、

「よしっ。行くか」

私の肩をポンポンと叩いて促すと、先に立って教室を出ていった。一時十五分。着替えの時間も考えれば、そろそろ移動しなければならない時刻であった。結局、雨は降らないままだったか。

校舎の正面玄関口に回り、部室棟に行くためだけにローファーに履き替えて外に出る。重たそうな空の下、すでにランニングを始めている陸上部員たちがいた。

男女共学校ならば校庭は野球部とサッカー部と、陸上部と、あとは何だろう……。い

ろんな部活が場所の取り合いをして犇めき合っているのだろうが、私立創明高校は女子校ということもあって野球部とサッカー部が無く、普段からグラウンドを使うのはソフトボール部と陸上部のみで、それぞれが充分なエリアを確保していた。

教室で着替えて部室に荷物だけ置きにきている部員もいたが、私と敦美は制服姿である。食事を終えて寛いでいた先輩たちに挨拶をしてから、ロッカーの前でユニフォームに着替える。

「尾見ちゃんと工藤ちゃん、あの二人、いつも一緒だよね」

「仲いいよねー」

先輩方が私たちのことをそう評しているのが洩れ聞こえてきて、思わず敦美と顔を見合わせた。彼女は「にんまり」という日本語のお手本となるような笑みを浮かべていた。

そうして迎えた午後一時半。いよいよ練習開始だ。時間通りに姿を見せた監督とコーチを囲むように、いつもどおり部員全員で円陣を組んだ。

「それでは本日も気合を入れて頑張りましょう。……降らなきゃいいですけどね」

監督も雨の心配をしていた。敦美の言っていた「六十パーセント」という数字のチョイスは絶妙で、実際、空は今にも降り出しそうに見える一方で、何とか持ちこたえそうな気配も見せていた。

まずはランニングを五周。続いて二人組になって柔軟運動とキャッチボール。

　監督は各学年からピッチャーを最低でも一人は出したいと言っていたが、今年の一年生には志望者が一人もいなかった。そのため十月は一年生全員にピッチング練習をさせていた。練習を通じて何とか適性のある一人を選ぶつもりのようで、今日も敦美が二十数球を投げ、続いて「次、尾見っ！」と指名された私が交代でマウンドに上がろうとした――そのときだった。

　空全体がパッと光り、続いてゴロゴロと重低音が鳴り響く。誰かが「キャッ」と悲鳴をあげた。監督がすかさず大声で指示を出した。

「二年生、素振りやめっ！　バットはすぐに片付けて」

　手の空いていた一年生二人が金属バットの回収に走る。空を見上げたコーチが言う。

「雨、いよいよ降りそうですね」

「降り出したら今日はその時点で練習を終わりにします」

　監督がそう言ったのとほぼ同時に、大粒の雨がポツポツと落ち始め、やがて雨滴の量が少しずつ増え始めた。ザーッという雨音が緩やかにボリュームを上げてゆく。

「来たっ」

「じゃあ本日はここまで。その場で解散っ」

　監督とコーチは校舎に、道具を持った部員たちは部室棟に向かって走り出した。全員、本降りになる前に屋根の下に駆け込むことができたのは幸いだった。

鞄からケータイを出して確認したところ、時刻はまだ午後二時で、練習開始から三十分しか経っていなかった。

「監督も言われたように、今日はこれで解散にします。おのおの着替えが済んだら順に出て行って」

最後まで残って施錠する役目のあるキャプテンに急かされたが、練習後の着替えは二年生が先で、一年生が後という慣習がある。

「お疲れさまー」

制服姿の上級生たちが次々と戸口で傘を差しては出て行き、ようやく一年生に着替えの順番が回ってきた。私は軽く濡れたユニフォームを脱ぎながら、敦美のほうを盗み見た。彼女もちょうど私のほうに目を向けたところだった。その一瞬の目くばせで、二人の思いが通じ合った。


私と敦美は部活を通して知り合い、クラスが違うのに親友と呼べる関係になった——という部分は、他の部員やクラスメイトたちにもオープンにしていて、実際今日も昼食を共に摂ったりしていたのだが、表向きのそういった関係よりも深く、私たちは秘密の領域に足を踏み込んでいた。

といっても、お互いに相手のことが好き、といった単純な関係性ではない。私たちには共通して好きな相手が存在しており、それが二人を結び付けるという、やや捻れた繋がりが二人の間にはあった。

　四月にソフトボール部に入部して一ヵ月も経たないうちに、私が心を奪われたその相手こそ、前キャプテンの福永塁さまだった。

　最初はその美しい顔立ちに惹かれた。美形というとほとんどの人は二重瞼を思い浮かべるだろうが、福永さんは一重の涼やかな目元をしている。といっても欧米の人たちが好むアジア人のタイプとも違っていて、日本人の美意識に合った美しさを備えていた。一七〇センチ近い身長もあって、男性より女性に好かれる外見なのは間違いなく、私も複数のクラスメイトから「キャプテンの福永塁さんってどんな人？」「福永先輩の誕生日ってわかる？」といった質問を受けていた。

　本格的に好きになり始めたのは、ストイックなその性格を知ってからだった。とにかく自分に厳しい。しかし同じ厳しさを他人には強要しない。練習前の円陣でもダメ出しは滅多にしない。前向きな発言で優しく、ときには強く、部員たちにやる気を出させるように語り掛けるのが上手い。自分が誰よりも練習をしているというプライドは当然あっただろうが、二年生のピッチャーが実力をつけてきたときには潔くエースの座を明け渡したフォア・ザ・チームの精神も、できれば見習いたいと思った。

　当然のように、福永キャプテンは他の部員たちから慕われていた。二年生に取り巻きと言って良い信奉者が三人ほどいて、一年生がキャプテンに必要以上に近づかないように常にガードしていた。あと毎年四月から七月まで期間限定で存在する副キャプテンというのがいて、特に何事もなければ新チーム結成時に新キャプテンに昇格するので――つまり現キャプテンが元はそうだったのだが、その副キャプテンが一年生の指導役・相談役として存在している以上、私たちが直接福永キャプテンと個人的な話をする機会はほぼ絶たれていた。私たちは福永さんの頑張りを、常に遠くから、あるいは背後から見ているしかなかった。だからこそ憧れる気持ちはより強く育ったのだと思う。

とにかく一緒に部活をしているだけで魂が浄化されるような、本当に心の底から尊敬できると思えた相手に対し、私の心の中に芽生えた気持ちは、しかし不純なものを含んでいた。

二人きりで秘密の関係を持ちたい。愛されたい。

飼われたい。

そして工藤敦美は、そんな私の秘めた気持ちを見抜いたのだった。

「わたしも同類だから」

彼女自身がそういって、自分の秘密を開示してみせたので、私も彼女を信頼することにした。

私たちは自分がどういうことをされたいか、妄想を語り合った。そして、ギブアンドテイクの精神さえあれば、お互いの願望をある程度までなら叶えることができると、あるとき気づいたのだった。

今日は私が塁さまの役を演じる。だから次の機会にはあなたが塁さまの役を演じてね。そうして私たちは、クラスを越えた親友という表向きの関係性から、さらに一歩を踏み出してしまったのだ。

五時半までの練習の予定が二時で終わった。余った三時間半をどう過ごすか。順番的には次は敦美が主役の番である。私が塁さまの役になり、相手の願望を叶えるのだ。生理中などの理由があれば別だが、それさえなければ敦美がこの機会を逃すはずはない。

一回目から場所は常に、敦美の自宅マンションの、彼女の私室だった。学校からの移動時間が比較的短く、両親が不在がちで都合が良いのだ。

私たちは二人並んで部室を出た。敦美はビニール傘が部室のロッカーに置いてあったのでそれを差していたが、私は鞄から折り畳み傘を出して差した。雨は降り始めほどの激しさは無かったものの、一定の強さを保っていて、この後もまだまだ降り続くことが予想された。

わが私立創明高校は、標高六十メートルほどの小さな山を北側に仰ぎ、南側を国道と並走する私鉄で区切られた、東西に長い湯崎という町内に位置している。学校から湯崎駅までは徒歩わずか三分。湯崎駅から西に向かうと市の中心街があり、こちらが「上り」方面になる。終点の地蔵ヶ丘駅までは四駅。対して東には住宅街が広がり、終点の新美津駅まではやや遠くて十駅ある。全長わずか十一キロの私鉄を通学に利用しているのは全校生徒の約半数で、その大半が東の住宅街側から通ってきている。私もそのうちの一人だった。

もちろん上り方面の商業地区にも、マンションや一戸建ては存在していて、実際、私たちが今から向かう敦美の住むマンションは、地蔵ヶ丘駅から徒歩五分という街中物件である。湯崎駅に着いて傘を閉じ、改札を通った私は、今日は敦美の後に続いて上りホームへと向かった。通学定期を使って自動改札を通ったので、地蔵ヶ丘駅に着いたあとに精算をする必要があった。

雨は相変わらず降り続いていた。雨が描く斜線越しに見える向かいの下りホームには、ソフト部員たちの見知った顔がちらほらとあったが、上りホームには私たち以外に創明の制服姿は見られなかった。

折り畳み傘は閉じたときの扱いが難しい。閉じると自然と骨が折り畳まれた状態になり、そのまま開かないように紐で束ねるのだが、濡れた部分が畳まれた内側になっていてもさすがに鞄には戻せない。で、手に持ったままにするとなると、柄の部分を縮めるか伸ばしたままにしておくかでいつも悩む。今日は伸ばしたままにした。見た目は少し変になるが、湿気を帯びた部分が地面により近い位置にきて服を濡らすことがないので、実を取るならこっちなのだ。

「今日は何をしてもらおうかな」

敦美が私にしか聞き取れない小さな声でそう言った。頭はすでにマンションに着いた後のことで占められているようだった。

時刻表によるとこの時間帯、電車は八分おきに発着している。本数が多いので二両編成であっても車両内は基本的に空いていて、通学時などを除くとたいてい座れる。上りが先に来たので乗り込み、空席を見つけて二人並んで着席した。続いて何となく車内を見渡したとき、二両目に見覚えのある顔を見つけた。

「あ。結城さんが乗ってる」

「結城さん？　あ、ホントだ」

囁き声で敦美とそんな会話をした。入学してまだ半年。同学年ならばともかく、顔と名前が一致する上級生の数は限られている。三年生の結城忍の名前を私たちが知っていたのは、愛する福永さんが特に親しくしている三人の親友のうちの一人だったからだ。

生徒会の役員をしていた結城忍、創明初のライバーアイドルとして活動している奥原カンナ、父親が病院長で学校の理事もしているお金持ちキャラの高橋悠乃の三人に、福永塁さまを加えた四人組を、私たちはＦフォーと呼んでいた。といっても私は元となった漫画もドラマも見ていないので、それが適切なのかどうかはわからない。敦美の命名に乗っかっているのはＦフォーのＦが福永のＦ、つまり「福永さんとその仲間たちの合計四人」という意味にも解釈できたからだ。四人の中で誰が主役、誰が脇役といった分担が実際にあるとは思わないが、私たちの目から見たらやはり塁さまが主役であるべきだった。

忘れもしない七月十一日。県大会二回戦の相手は優勝候補にも名前が挙がる強豪校で、前日の一回戦に続いて創明は二年生エースが先発したが実力差は明らかで、六回までに一対五と四点のリードを許していた。そして最終回となる七回表。監督は投手を控えの塁さまに交代した。いわゆる思い出登板なのは誰の目にも明らかだった。ベンチ入りできなかった私たちは観客席からその雄姿を見ていた。全員マスクを着けて距離を取り、声が出せないので拍手のみの応援だった。当日は一般生徒の入場もまだ可能で、少し離れたところにはＦフォーの三人の姿もあった。そこでスリーアウトを取れていれば、チームが負けても塁さま自身は有終の美が飾れたのだろうが、結果はワンアウトしか取れず満塁にしたところで降板。二年生エースが再び登板して追加点を一点献上し、その裏も三者凡退で創明は最終的に一対六で敗れたのだった。帰りのバスの中でも散会の挨拶でも、部員たちの前ではキャプテンとして気丈にふるまっていた塁さまだったが、Ｆフォーの仲間と就いた帰路では号泣していたという話を、私たちは噂話として耳にしていた。昼さまにとって、そういう弱い自分をさらけ出せる仲間がFフォーなのだ。

その一人、結城さんが二両目に乗っていた。私服を着ているのでいったん家に帰って昼食を摂ってから出てきたのだろう。今は右手だけでスマホを操作している。ゲームとかではなく文字を打っているような手の動きに見えたので、誰かと連絡を取り合っているのかもしれない。使った形跡のある長柄の傘を持っているのは、二度目の外出時にすでに雨が降っていたか、あるいは最寄り駅に向かう途中で降られたのか。終点の地蔵ヶ丘駅の改札は電車の進行方向にあるので、二両目に乗っているのは途中駅で降りる予定なのかと最初は思っていたが、一分ごとに停車する途中駅では降りずに結局、終点までご一緒することとなった。一回だけちらっとこっちを見た様子だったが、結城さんのほうはおそらく私たちの顔は知らないはずで、創明の制服を着た子たちが乗っているなと思っただけだったろう。あるいは同じ学校の下校中の生徒の目を避けるために(湯崎駅から上りに乗る子は一両目に乗ることが多いので)二両目に乗っていたのかもしれない。

というわけで下車したときは私たちのほうが改札に近かったのだが、私が精算機で乗り越しぶんの料金を払っている間に、結城さんは先に改札を出てしまっていた。おそらく三十秒ほど遅れて私たちは改札を抜けたはずだ。

そこは駅ビルのコンコースで、正面のやや遠い位置に西口、右手には駅ビル一階のショップの一部が、左手にバスターミナルに通じる通路などがあり、その通路の手前に、結城さんと立ち話をしている女性の後ろ姿があった。私は思わず立ち止まった。敦美も同時に歩を止める。

見間違えようはずもない。塁さまだった。

私たちと同様に制服姿のままで、手には通学鞄だけを提げている。

私たちの位置からは残念ながら後頭部しか見えていないが、会話中の結城さんの顔はハッキリと見えている。その口が動いた。声も少しだけ届いた。

「え、そんなに？」

そこでいったん上目遣いになったあと、再び相手の顔を見据えて、

「九百十七円？」

そう口にした瞬間、私たちの視線に気づいたらしく、

「ま、続きはあとで」

塁さまを促すように、バスターミナルのほうに向かって歩き出した。二人はあっという間に通路の先に消えて行ってしまった。

私たちは二人とも、憧れの人を突然目の当たりにしたことで、言葉を失っていた。その姿が見えなくなってからようやく、敦美が声を発した。

「塁さまがいた」

「私たちがいたことには気づいてもらえなかったけど……。ゴメン。普通に私が切符を買っていれば、結城さんより先に改札を出て、挨拶ぐらいする時間はあったよね」

「そんなの予想できなかったし。杏華は悪くないよ」

未練は残ったが、さすがに後を追って同じバスに乗るというわけにもいかない。私は気持ちを切り替えて、敦美のマンションに向かうために、正面の西口に向かって歩き出そうとしたが、その私の左腕を敦美が引っ張った。

「うん？」

「九百十七円って何だろう？」

敦美は考え込んでいるふうだった。先を急ぎたい私は、

「わからないけど、何か九百十七円のものを買ったんでしょ。それを待ち合わせていた結城さんに報告した」

「でも値段はわかってるんだよ。九百十七円って。九百円とかじゃなくて端数のある特徴的な数字で。それって特定できたりしないかな」

「えっ」

「塁さまとお揃いの物を持つチャンスだよ」

なるほど、そういう考え方もあるのか。

「あと、塁さまはさっき傘を手にしてなかった。だからその何かを買った場所は、ここ

から雨に濡れずに移動できる範囲内にあるはず。このセントルのどこかって決め打ちしてもいいと思う」

セントルとはこの駅ビルの正式名称《セントル地蔵ヶ丘》を略した言い方で、市の中心街にいくつかある総合デパートのひとつである。JRの地蔵が丘駅（こちらは『地蔵が丘』表記である）とは三百メートルほど離れていて、セントルの地下通路はJRとは繋がっておらず――というか地下通路伝いで行けるのはたしか隣のビルだけで、しかもそこにはラーメン屋とエステ店しか入っていない。道路を一本渡ればマクドナルドなどもあったが、この雨の下で傘も差さずに道路を一本渡ったら、それだけで髪や服が少しは濡れた感じになるだろう。でも先ほどの塁さまの後ろ姿は湿度ゼロの乾いた感じに見えた。あれは午後二時に雨が降り出したあと、ずっと屋内にいた人のものだった。つまり午後二時の時点で、塁さまはすでにこのセントル内にいたはず。

もちろん午後二時より以前に、セントルの外で買物をしていた可能性は残るのだが、彼女が九百十七円を使ったのがこのビルの中だったという敦美の仮定は、かなり蓋然性のあるものとして受け容れることができた。

「あと手に持っていたのは鞄がひとつだけだった。私たちも持ってるこの通学鞄と同じものがひとつだけ。だから購入したものは、この鞄に入るサイズだったたってこと」

さすがにその決め付けはどうかと思ったので、私は推理の粗を指摘した。

「あるいはお腹の中に収まったか。塁さまは制服姿だったからまだ家に帰ってない。お昼は外で食べたはず。で、実際に街中まで来てたんだから、学校のそばとかじゃなくてきっと選択肢の多いこっちでお昼を食べたはず。その値段が九百十七円もしたよっていうのが、さっきの報告だったんじゃない？」

「お昼に九百十七円って、金額的に、別に普通じゃない？　結城さんがあんな感じの反応をする額かな？」

「うーん、たとえばマックとかだったら？」

「今日のお昼、マックで九百十七円も食べちゃった——まあたしかにそれなら『そんなに？』って言っちゃうか」

「お昼ご飯に使った金額だったたって可能性は、だからあるよね」

「うん。まあ、たしかに」

敦美はしぶしぶといった感じで一度は認めたが、まだその後も何やら考え続けている。九百十七円がお昼だったらお揃いにできないので、そうじゃない可能性のほうを追求したいのだろう。

「でも十二時半に学校を出たとして、午後一時よりもっと早く、十五分前ぐらいにはここに着いたと思うし、お昼に多少時間がかかったとして多めに見たとしても、一時半にはきっと食事を終えていて——今は二時十五分。少なくとも四十五分ぐらいは——そしてたぶん実際には一時間以上は、お昼の後の時間があったはず。一時間もここにいて、何も買わなかったとしたら、逆に何のためにここに来たのか。お昼のため？　何か買う用事があって、じゃあお昼もここで食べようって言って食べたんじゃないかな。そして買物をした」

曇さまがバス通学者で、普段はセントルを経由しない路線を利用していることは、二人とも承知していた。だから今回セントルにいたのは何か目的があって、わざわざ交通費を出して来ていたのだということは、言葉に出さずともお互いに議論の前提として認めていた。

「うーん。九百十七円で買えて、こういう鞄に入っちゃうような小さな物を？　しかも九百十七円じゃ高すぎるみたいな言われ方をしてたから、実際には五百円ぐらいで買えると思われているような物を、わざわざセントルまで来て買った？　そっちがメインでお昼はついでだったってこと？」

「金額が数百円だったとしても、セントルじゃないと買えないような物ってあるでしょ。学校の近くのお店じゃ売ってないような、たとえばブランド品とか。逆にそういった考え方で条件が絞れると思わない？」

「それは……そうかもしれないけど」

「わたしもいちおう、お昼の値段だったって可能性は否定しないけど、それは後から考えようよ。九百十七円って言ったときに、食べ物の値段だっていうのが、わたし的にはあまりピンと来ないんだ。セントルでご飯が食べられるお店って限られてるし、たとえば五階のレストラン街だって、たいてい何百何十円ってキリの良い値段で出してるでしょ。だから——」

そう言われると私も、食べ物よりは小物の類だったという可能性のほうがはるかに高いように思えてきた。金額が特定できていてサイズも上限がわかっている。わざわざ街中のデパートまで足を運ばないと買えない物だという条件まで加えたら、敦美の言うように、塁さまが買った品物が特定できるのではないかという気がだんだんしてきた。

といっても私自身は、塁さまとお揃いの物を持つということに、それほど執心は抱かなかった。そこが私と敦美の違いでもあった。敦美は部室で塁さまの着ている下着をチラ見しただけでメーカーを特定し、同じメーカーの下着を購入し愛用したりしていた。また私が塁さまの役を演じる際には、その下着を私に着けさせたりした。塁さまとお揃いの物を身に着けることは、彼女にとってそれだけ重要な意味を持っていたのだ。

私たちはいったん西口の出口付近まで移動して、セントルの各階の案内図を確認することにした。デパートとして機能しているのは地下一階から地上五階までで、六階から上は私鉄の事業部のようなものが入っていた。あと九階にシネマコンプレックスが入っていたが、映画と九百十七円という金額の組合せにピンと来るものがなかったので、とりあえず私たちは九階を除外することにした。

「こうして見ると、けっこうな数の店が入ってるよね」

店舗数をざっと数えたところ百三十店を超えていた。敦美は見落としがないように、この全店を見て回ろうというのだ。比較的チェックが楽そうに思えた——該当品が少ないだろうと予想されたのが、小規模なブランドショップの類で、逆に手強そうに思えたのは、床面積も商品数も圧倒的な、五階の丸善&ジュンク堂、四階のノジマ、三階の東急ハンズといったあたりか。

私たちはまず手始めに、いま自分たちのいる一階フロアから全店巡りを始めた。一階はそれこそ電鉄やバスのターミナル部分およびコンコースなどが一定の面積を占めている関係で、店舗数が十二と最も少なかったのだ。そのうちローソンはわざわざセントルまで来た理由にはなり得ないので、残り十一店舗をぐるっと一周してみた。ブランドショップでは服や靴の値段にいちいちビックリさせられた。

「こういうのって、でもちゃんと買う人がいるんだよね。凄いよね」

私が庶民レベルの感想を口にすると、敦美が右手の人差し指を立てて、

「それこそ高橋悠乃さんとかじゃない？　お金持ちはわざわざ自分からデパートとかに行かずに、デパート側に外商部っていう部署があって、そういうお金持ちの家に訪問販

売をしに行ったり、あるいはデパートにお金持ちが来たときにはコンシェルジュ的に付き添って、いろいろ商品の説明をしたりするんだって。テレビで見たけど」

「ああ。ここからここまで全部ちょうだい、ってやつ」

私が実際の商品を指さしてそう言った直後に、店員さんと目が合ったので、いえいえ今のは違いますと慌てて手を横に振って、店を飛び出す羽目になった。

革製品やワイン、眼鏡の専門店など、塁さまとは縁が無さそうな店は素通りして、ファッション関係を中心にざっと見てみたものの、値段が一致する商品は見つからず——コスメ関係はひとしきり悩んだが、部活引退後の高校三年生がコスメデビューする可能性はなきにしもあらずということで、いちおうチェックはしてみた。

「なかなか無いね、九百円台の商品って」

「あってもたいていキリの良い数字だよね」

コンコースに戻ってきたところで、敦美がスマホを電卓にして計算をし始めた。

「税込み価格が九百十七円になる商品の本体価格って、四捨五入や切り捨ての場合が八百三十四円、端数を切り上げて九百十七円になる場合は八百三十三円の、そのどちらかだね。でも普通、税込み価格か税抜き価格のどちらかは、キリの良い数字になるはずだよね」

「つまり普通じゃない値段の付け方をしてるってことか。それを手掛かりにすれば、普通の値段の付け方をしているほとんどの店がスルーできるかもね」

楽をしたい私がそう言うのを尻目に、さらにスマホをペチペチして、

「うん？　さっき言った八百三十四円とかってのは税率十パーセントの場合だったんだけど、仮に税率が八パーセントだったとして、九百十七に百八分の百を掛け算してみると……」

敦美がスマホの画面を見せてきた。『八四九・〇七四〇七四〇七四……』と表示されている。

「おっと。これは八百五十円ってことだよね」

「そうそう。ようやくキリの良い数字が出てきたけど……」

「八パーセントってことは食料品ってこと、だよね」

「しかもイートインの場合は税率が十パーセントになるから、その食料品を胃の中ではなく、鞄の中に入れてテイクアウトしたってことになるけど……」

鞄の中に入る食料品とは――私はしばらく考えた末に、ひとつの案に辿り着いた。

「缶詰とかかな。カニ缶とかならけっこうするでしょ。結城さんも缶詰ひとつで九百十七円って言われたら『そんなに？』って思わず言っちゃうと思うし」

しかし敦美はその案を認めず、

「か、缶詰？　塁さまがデパートまでわざわざ缶詰を買いに来たって？」

そう言ってケラケラと笑い出す。何よ、ひとがせっかく無い頭を絞って考え付いたというのに。まあでも、実際の答えがそれかと言われたらたぶん違うだろうけどさ。あと装飾品や日用品じゃなかったら、塁さまとお揃いの物を持つことにはならないので、敦美の望む答えからは外れちゃうだろうけどさ。

「じゃあ次は五階にする？」

五階は一階に次いで店舗数が少なく、その多くがレストラン関係で、食料品の可能性が出てきた現段階でチェックするのにふさわしく思えた。エレベーターで五階に直行する。

レストランはたいてい入口の脇に見本ケースやメニューが展示されていて、中に入らなくても、各店の値付けの癖のようなものが把握できるようになっていた。やはり税込み価格で一円の位がゼロになるように値段が付けられている店がほとんどであった。

イタリアンのお店ではトマトフェアというのを開催していた。

「トマトフェアって。奥原さんが喜びそうだね」

元生徒会役員の結城忍さんとは同じ電車で乗り合わせ、先ほどは一階でお金持ちの高橋悠乃さんの名前を出したからだろうか、敦美はそこでFフォーの残る一人、奥原カンナさんの名前を出してきた。

世の中にはライブ配信アプリというのがあって、誰でも配信者になろうと思えばなれる時代、創明から誕生した（おそらく）初のライバーが奥原先輩である。Ｆフォーの仲間（生徒会役員や理事の娘）の後押しもあって、学校側もテストケースとして学校名や個人名を明かさない等の条件をつけた上で活動を容認しているという話の奥原さんは、アプリ上では『トマトちゃん』という芸名（？）を名乗っており、私も興味本位で二、三度見たことがあったが、トマトの国から来た妖精という設定があるらしく、常にトマト柄の服を着ていて、配信部屋自体もトマトグッズの赤と緑の二色で埋まっており、配信中は常にトマトジュースの入ったグラスをテーブル上に置いているというキャラ作りの徹底ぶりは、好みの分かれるところであろう。それでも収入源となる有料アイテムがそこそこ画面上で飛び交っていたので、それなりに人気はあるみたいだった。彼女が利用しているアプリでは、誰でも配信主になれるものの、一定の条件を満たさないと『アマチュア』から『アイドル』のカテゴリーには移れないので、アイドルとして配信している以上は、すでに一定数のファンを獲得し、何らかのステップアップを経験しているのだろう。

トマトフェアを開催中のそのイタリアンがレストラン街の端っこで、私たちは次に書店へと向かった。

五階で最大の床面積を占め、商品数でも手強いぞと私が秘かに意気込んでいた丸善＆ジュンク堂を、しかし敦美はあっさりスルーすることに決めた。

「本の価格って、だいたい本体価格プラス一割の税金って感じで、その本体価格はほぼキリの良い数字なんだよね。だから税抜きで八百三十四円は本の値段じゃないと思う。あと本だったら、今は文庫本一冊で九百いくらって言われても別に高いとは思わないし」

それは本の値段の相場を知っている人の場合であり、本一冊の値段を五百円ぐらいだと思っている人も世の中にはいるだろうとは思ったものの、生徒会役員をしていた秀才の結城さんが文庫本の相場を知らないはずもないので、彼女の『九百十七円、そんなに？』という反応を理由に、今回は本を除外できるという敦美の論理は、いちおう筋が通っているように思えた。

続いて四階である。ファッションと小物の店が多く、最初にチェックした店の店頭には定価九百九十円のバレッタやポニーフックが並んでいた。ショートヘアの塁さまには必要のない品だと、敦美は最初からスルーしかけたが、そこで私がふと閃（ひらめ）いたのだった。

「ねえ敦美ちゃん、九百九十円の税抜き価格って、いくらだと思う？」

「九百円でしょ」

即答された。もちろんそれはわかっている。

「それは消費税が十パーセントの場合でしょ。もし八パーセントだったら？」

敦美は素直にスマホを取り出し、再び電卓にして計算をした。

「あっ、ホントだ。九百十七円だ。……どういうこと？」

敦美のスマホ画面上には、私が暗算で計算したのと同じ『九一六・六六六六……』という数字が並んでいた。私はそこで先ほど一瞬の間に閃いた自説を披露したのだった。

「消費税率が八パーセントってことは、こういった雑貨じゃなくて、やっぱり食料品ってことになる。しかもテイクアウトの場合ね。だからまた缶詰を例に出すけど笑わないでね。あくまでも例として出すだけだから。で、九百九十円で売っていた缶詰を買った場合、結城さんに値段を聞かれて、そのまま答えたら高いって言われるのがわかってて、それが嫌で少しでも値段を安く言おうとして、税抜き価格のほうで答えたとしたら、九百十七円って数字がそこで出てくるのは、可能性としてはあるかなって」

敦美はその間、スマホ画面上で逆に九百十七に一・〇八を掛けて検算していた。結果は『九九〇・三六』で、四捨五入でも切り捨てでも、税込み価格はちゃんと九百九十円になっている。

「うーん。たしかに杏華の言うとおりで、八パーセントで計算すると、九百十七円が本体価格だった場合は税込み価格が九百九十円でキリの良い数字になるし、逆に税込み価格が九百十七円だった場合も、さっき計算したように本体価格は八百五十円になって、どちらもキリの良い数字だから、やっぱり消費税率は八パーセントで、だからどっちにしろ問題の商品は食料品のテイクアウトだった可能性が高い、と……うん？　ちょっと待って」

敦美はそこで八百五十に一・〇八を掛けて検算をした。結果、画面には『九一八』の三つの文字だけが表示されていた。

「待って待って。八百五十のほうは成り立ってなかった。一円だけだけど今回に限っては大違い。そうするとキリの良い数字が九百九十円だけになって、それって税込み価格を素直に答えたくなくて税抜き価格のほうを言ったっていう、ちょっと苦しい説しか残らないから、うーん、だから税率八パーセントに決め打ちするという案自体、まだ保留にしたほうが良さそう。ちなみに十パーセントのほうはと言うと――」

スマホでさらに計算を重ねる。九百十七に一・一〇を掛けた結果は『一〇〇八・七』である。キリの良い数字にはならない。九百十七円が税込み価格だった場合の税抜き価格の、消費税率が十パーセントだった場合は先ほどすでに計算したとおり、八百三十四円である。これで九百十七円を中心に、それを本体価格として税込み価格を二通り、それを税込み価格として本体価格も二通り、全部で四通りの値段を計算したことになるが、キリの良い数字は八パーセントの消費税を加算した場合の九百九十円が唯一であった。八パーセントの消費税を減算した場合の八百四十九円プラスアルファは、八百五十円に丸められるかと思ったものの、逆向きに検算したときには一円違いで成り立たず、キリの良い数字には該当しなかった。

「うん？　うん？　うん？　待って待って」

敦美はそこでさらに独自の計算を始めた。八百三十四に一・〇八を掛けてみると『九〇〇・七二』になった。その画面を見せてくる。私は少し混乱した。

「え、どゆこと？」

「ちょっと待って」

敦美は自分の傘を私に預け、鞄の中からノートとシャーペンを取り出すと、空いたページに簡単な図解を書いてみせた。

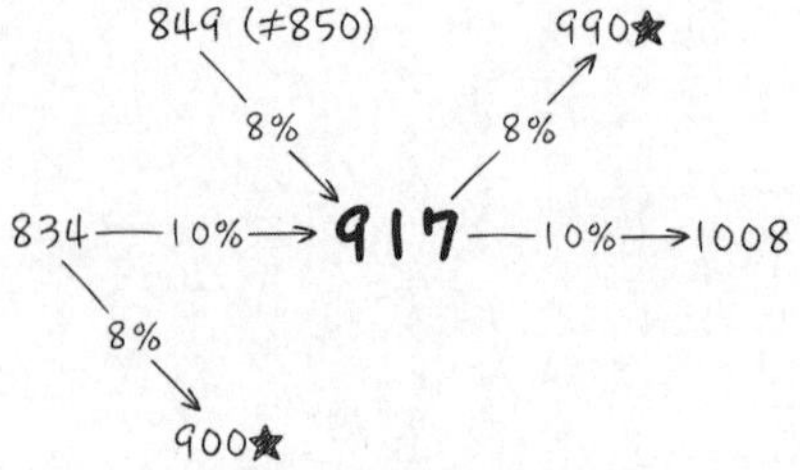

「税抜きと税込みと、両方とも端数のある変な数字だった可能性も無いわけではないけど、どちらかが端数のないキリの良い数字だったとして考えた場合、九百十七円を中心にして四つの数字を検討したところ、九百九十円がひとつ見つかった。でもここに九百円というキリの良い数字がもうひとつ出てきた。これはね、最後に掛けた数字が八パーセントだから、テイクアウトがメインの店で、テイクアウトのときにキリの良い数字になるように、本体価格を設定している店があったとする。九百円の場合は本体価格が八百三十四円になるのね。でもその店でイートインを選んだ場合には、同じ商品が税率十パーセントになって、それがまさに九百十七円になるってこと」

九百十七円を起点にすると、九百円に到達するには、十パーの消費税を引いた上で八パーの消費税を加算するという複雑な計算を要するので、少しわかりにくくなるが、八百三十四円を起点にすれば、テイクアウトで九百円、イートインなら九百十七円と、事態が大いにわかりやすくなる。私がようやく図解の意味を把握できたのを見て、敦美が結論を出した。

「九百九十円のほうは、実際に支払った金額ではなく、あえて税抜き価格のほうを咄嗟（とっさ）に計算して答えたことになって、無理があると思ってたけど、九百円のものをイートインして九百十七円のほうは、そういった不自然さもなく、九百十七円っていう謎の数字にちゃんとした答えを出している気がする」

「要するに、それは塁さまがどこかで食べた今日のお昼の値段だったたってこと、だよね？　だからお揃いになる物を買うことはできないと」

　地下一階から地上五階まで全部で六フロアあるうち、店舗数の少ない一階と五階を大雑把にチェックしただけで、まだ時間的にも労力的にもそんなには費やしてはない。現在時刻は午後三時になろうかというところ。今から敦美の家に行ったとして、まだ二時間半ほどお楽しみの時間は残されている。

　しかし敦美は首を横に振った。

「胃の中をお揃いにできる可能性がまだあるから」

　彼女はあくまでも塁さまが遣った九百十七円の用途を特定したいようだった。


　テイクアウトが主体の店ということで、私たちは三階のフードコートにあるモスバーガーに注目した。しかし実際に行ってみると、モスバーガーではテイクアウトもイートインも同じ価格を採用していた。なので会計の際に九百十七円といった端数は発生し得ない。フードコート内の他の店のメニューもざっと確認してみたが、九百十七円の商品は見つからなかった。

　私たちは最終的に地下一階に向かった。そこはいわゆるデパ地下で、さまざまなお弁当やお菓子、ケーキといった食品を売る店が並んでいた。いちばん奥には私鉄が経営するスーパーマーケットが出店しており、イートインはできないものの、スーパーならば商品の組合せ次第でお会計が九百十七円になることもあり得たが、塁さまがわざわざセントルまで来てスーパーで買物をしたとは考えられず、地下一階で最大の床面積を誇る店がまず除外できたのはありがたかった。

ちなみに地下一階には食料品店だけでなく、キッチン用品を売る店も出店していた。私は知らなかったが、２１２キッチンストアというブランド店で、敦美は小物をお揃いにしたいという当初の目的が忘れられなかったのか、まずはその店に足を踏み入れた。

「これとかも奥原さん食い付きそう」

敦美が指さした店舗の一角には、トマトケチャップで有名なあのデルモンテとの提携商品が並べられていた。エプロン三千三百円、エコバッグ千六百五十円、キャニスター千五百四十円など、提携商品ならではの付加価値がそれなりに反映された値段になっていた。この値段で買う人は、それこそトマトちゃんぐらいしかいないのではないかと、庶民派の私は思ったが、それでも保冷ランチバッグ二千七百五十円のシールの貼られたフックには商品が掛かっておらず、買った人がいることを示していた。

そうして寄り道をしつつ、私たちが最終的に辿り着いたのが、ミスタードーナツのセントル地蔵ヶ丘店であった。地下一階の食料品を売る店の中では唯一、イートインのコーナーを持っていた。といっても席は四つしか無かった。二メートルほどのカウンターが透明な仕切り板で四つに区切られていて、一人一人が壁に向かって食べる感じになる。

テイクアウトが主体の店だけどイートインも可能だという、一見したところ条件に合っている感じだったが、ショーケースに貼られた値札を見た段階で、私はここもダメだとすぐに判断した。本体価格がだいたいキリの良い数字になっているのだ。だがイートインで九百十七円にするためには、本体価格の合計で八百三十四円という半端な数字を作らなければいけない。あれもこれも一円の位はゼロだった。ドーナツポップという小さなボール状の商品は五円刻みで一個三十五円とかだけど、それをいくつ加算しても一の位は四円にはならない。


私がそうして早々に諦めかけたとき、敦美が目聡(めざと)くそれを見つけたのだった。

六種類のドーナツポップが並んだケースの端に、次の貼り紙がしてあったのだ。

ドーナツポップ	八個入り	一六個入り	二四個入り
税抜	¥二五〇	¥四八二	¥七〇四
税込テイクアウト	¥二七〇	¥五二〇	¥七六〇
税込イートイン	¥二七五	¥五三〇	¥七七四

二十四個入りのドーナツポップが税抜き価格で七百四円！　あと百三十円足せば八百

三十四円になる。そして税抜き価格が百三十円のドーナツはたくさんある！

土曜日の午後三時過ぎ。たまたまなのか、商品ケースの前に客は並んでいなかった。

敦美はケースの前に進み、店員に欲しい商品を告げた。二十四個のドーナツポップは六種類の中から好きなものをチョイスできたが、敦美は六種類それぞれを四個ずつで合計二十四個にした。税抜き価格百三十円の商品には、十種類ほどの選択肢の中からチョコリングを選んだ。

店員が二十四個のドーナツポップを手際よく専用容器に詰めながら、持ち帰るかどうかを聞いてくる。

「イートインで」

「いや待って。そこまで一緒にする必要はなくない？」

私が咄嗟に注進したのは、四つあるイートイン席のうち、真ん中の二つが埋まっていたからでもあった。敦美が食べている間、私はどこにいればいい？　いやそもそも、あれだけの量を食べ切れるのか？

「あ、じゃあテイクアウトにします。……ちなみにイートインの場合はいくらになりますか？」

店員はレジを操作して「九百十七円になりますが」と答えた。

敦美はテイクアウトの代金九百円を払いながら会心の笑みを浮かべた。

地上階に戻って西口から外に出る。商品の入った紙袋を持ちながら傘も差さなければならない敦美のために、私は彼女の鞄を持ってあげることにした。二つの鞄をまとめて持つとそれなりの重さがあったが、握力は毎日鍛えているし、彼女のマンションまでは徒歩五分なので、何とか耐えられた。

それから三十分。敦美の自室に、普段とは違った甘い香りが漂っていた。

ドーナツポップ六種類をまずは一個ずつ、敦美は味わいながらもテンポ良く食べていった。それぞれピンポン玉ほどの大きさの球形で、輪っか状のドーナツとして同じ味のものが売られているが、それを一口サイズにした商品である。六種類の中ではエンゼルクリームボールというのが気に入ったらしかった。二周目は一周目よりも時間がかかった。そして合計十二個を食べたところで、ピタッとその手が動かなくなった。

「敦美ちゃん、残したら、別のところに突っ込んじゃうよ」

私が昱さまの喋り方を真似てそう言うと、敦美はプレイに乗っかって、オールドファッションボールを手に取り、一瞬のためらいの後にそれを口に放り込んだ。苦しそうに咀嚼（そしゃく）している。六種類ある中で、オールドファッションとチョコファッションの二種類は表面がごつごつしている。痛そうなものを減らそうとして選んだんだなと思うと、思わず笑みがこぼれた。

十三個目を何とか食べ終えた敦美は、苦しそうな溜息を何度もつきながら言った。

「これは一時間半かかるわ。むしろよく一時間半でイートインできたよ。塁さまはやっぱり凄いわ」

「いやいや。敦美ちゃんはお昼を食べてるじゃん。それに対して塁さまは、これをお昼として、空腹の状態から食べ始めたんだから。条件が違ってるんだから」

私がそう言って、敦美は全部食べる必要はないと主張したのは、早く次のステージに進みたかったからだった。

敦美が私のことをどう思っているかはわからないが、実は私の中には、敦美のことを敦美として愛する気持ちが芽生えていた。

自分が愛するときには、自分が塁さまに成りきって、敦美のことを愛するし、逆に私が愛される番であっても、塁さまに愛されていると半分思い込みつつも、実際に私を愛する唇は、指は、敦美のものである。

敦美を困らせたい。敦美に舐めさせたい。敦美をいかせたい。

私の視線は先ほどから頻繁にベッドへと向けられていた。

しかし敦美は意地になったようにテーブルの前から動かなかった。

「ねえ杏華、覚えてる？　塁さまの最後の登板のこと」

不意にそんな質問をしてきた。

「もちろん」

「じゃあ塁さまが何球投げたか覚えてる？」

私は正確な答えを返せなかった。敦美はまだ半分残っているドーナツポップに目をやりながら正解を告げた。

「十八球。最初の打者に粘られて、八球目でフォアボール。次の打者は初球を打ち上げて内野フライでワンナウト。でも次の打者にツーノーからど真ん中に投げた三球目を打たれて一、二塁。次の打者にはストレートのフォアボールでワンナウト満塁。ここまで十六球ね。さらに次の打者に対してツーボールノーストライクになったところで、塁さまは交代させられた」

敦美の記憶は正確だった。私の脳裏にはあの夏の一ページがまざまざと蘇っていた。

敦美の話は続いていた。

「前に読んだ推理小説に、体育会系の部活を辞めた女の子が出てきて、やっとお腹いっぱい食べられると思ったのにこれだけか、みたいなことを言うシーンがあったのね。それで塁さまも、ソフト部の現役のときは節制してたけど、部活を辞めて体型を維持する必要がなくなって、一度思い切り甘いものを食べてみたくなって、こんな無茶なチャレンジをしたのかなって。しかもイートインだから逃げられずに——まあ食べ切れなかったら持ち帰ってもいいんだろうけど、結果的に全部食べ切って——鞄の中に食べ残しを入れてなかったとしたら、だけど、おそらく食べ切ったんだよね。塁さまなら出来たと思う。その精神力の源に、じゃあ何があったかって考えてて、思ったの。塁さまはあの日、当然のことながら、本当はスリーアウトを取って交代したかったはずだって。あと二つのアウトが欲しかった。もちろん一球だけでも内野ゴロでダブルプレーって可能性はあるけど、そういう運任せじゃなくて、自分の力であとアウト二つを取るためには――」

「三振が二つ。合わせて六球」

「そう。だから全部で二十四球は必要だった。そういった思いが残っていて、それでこの二十四個のボールを全部食べ切ってやるぞって、こんな無茶なチャレンジに挑んだんじゃないかなって。そう思ったら、わたしも塁さまと同じチャレンジをやり遂げたいなって」

でも見るからにもう無理そうである。逆に私はドーナツならばお腹に入りそうであった。

「ねえ敦美ちゃん、今日は私が塁さまの役をやる番だよ。だから私が、塁さまと胃の中をお揃いにする必要があるとは思わない？」

それが最後の一押しとなったようだった。敦美はがっくりと項垂（うなだ）れた。それは頷（うなず）きを兼ねていた。

「じゃあ、いただきまーす」

私はとあるインスタグラムで見かけた「別腹」の英語表現「Additional stomach for sweets」が、文法的に合っているのかどうかはわからなかったが、個人的に気に入っており、それを敦美に披露した上で、

「敦美ちゃんは今日のお昼、メロンパンと何だっけ、アップルパイ？　甘いパンを食べてたじゃん。だから別腹があまり残ってなかったんじゃない？　私はこれ全部いけそうだよ。どうする？　ドーナツポップが十一個とチョコリングだと半分以上だよね。半分だとして四百五十円出そうか？」

「いいよ。全部わたしが食べるつもりで買って、それを助けてもらってるのに、お金で――ちょっと待って！」

そこで敦美はスマホを手に取り、またしても電卓機能を使い始めた。

「見て！　九百十七円を三倍してみたら――」

画面には『二七五一』という四桁の数字が表示されていた。それでも私はまだピンと来ていなかった。

「そうだ。そうだ。奥原カンナさんの名前がカンナなのは――」

今度は別のアプリを起動していた。起動した画面は配信中アイドルの一覧で、都合の良いことに『トマトちゃん』もその時刻に配信をしていた。敦美の指がそのページを開

く。

以前に視聴したときとは枠外の背景が違っていた。よく見ると『ＨＡＰＰＹ　ＢＩＲＴＨＤＡＹ』という文字が書かれていた。そんな誕生日仕様の画面の中に、トマトちゃんがいた。敦美が呟く。

「神無月の生まれでカンナさん」

配信画面の中のトマトちゃんは、リアルな友達から貰ったというプレゼントを開封していた。ガサゴソと包みを開ける音がして、中から出てきたのは緑色の、大きく「ＤＥＬＭＯＮＴＥ」の文字が入ったランチバッグだった。縁の部分に銀色が見えているので、保冷機能がついたもののようだった。

売り切れていた保冷ランチバッグ――二千七百五十円。三人で割り勘にすると――端数の処理にもよるが、一人あたり九百十七円。

高橋悠乃お嬢様は都合が悪く、結城忍さんも一度家に帰る用事があったので、昼食を兼ねて福永塁さまがセントルに一人で行って、トマトちゃんへの誕プレを選ぶことになった。選んだところに結城さんが合流する。

お弁当入れはいいけど二千七百五十円？　お弁当用のバッグひとつで――そんなに？

視線を上に向けて暗算して、目を戻して（私が払うのは）九百十七円？

結城さんの動作も台詞も、これでようやくすべての説明がついた。

そして。

敦美は力尽きたようにバタンと床に倒れ、そのまま動かなくなった。

今日はもう愛し合う余裕はなさそうだな。

私はなぜか振られたような気分になり、自棄(やけ)になって残りのドーナツを食べ尽くした。

数学科の女

1

思えばいつも状況に流されるようにして生きてきた。

僕が都内の大学に進んだのも、志望したわけでもなかったし、東京に行きたかったわけでもない。実家から通える地元の大学で充分だと思っていた。だがそれでは勿体ないと母親や担任の先生に薦められて、とりあえずM大を受験したところ、合格してしまったので、東京で独り暮らしをする流れになってしまったのだ。高層マンションの上階とかだったらまだ良かったのだが、最上階とは言っても母親が勝手に選んできた二階建てアパートの二階では、部屋の窓から夜空も見えやしない。

そもそも東京の空は狭く、夜も明るすぎて、星が見えづらかった。

進む大学は状況任せになってしまったが、理学部の地球科学科を選んだのは、いちおう自分の意思が入っていたと言えるだろう。生まれつき足が速かったので、自然な流れで中学高校ともに陸上部に所属していたが、子供のころから星空を見るのが好きだったので、高校の部活に天体観測を行う「地学部」というのがあるのを後から知って、入りたかったなあと思っていた。それで大学に進むにあたって専攻をどうするか、好きなものは何かと高校三年時の担任に聞かれたときに「本当は部活は地学部に入りたかったです」と答えたら、「じゃあ決まりだな」ということで、理学部地学科（地球科学科）志望ということになったのだ。

まあ東京に出てきて良かったと、今では思っている。

大学の授業は時節柄、半リモート制が導入されているものが多かった。教室に行けば講義をしている講師の姿を直に見ながら普通に授業が受けられるのだが、その講義の様子はカメラで撮影・配信されているので、学生は登校せず自宅にいながらPCなどの端末を通して、授業を受けることも選択できるのである（それとは別に、講師が別室から講義をし、それを教室の大画面に映すという形で、講師が登壇すらしない方式の「リモート講義」もあった）。僕自身はせっかく上京したのだからと積極的に学校に通っていたのだが、教室に来ない学生も少なからずいて、結局同じ学科の友達というのが作れなかった。学科が同じでも選択科目が違えば、行動パターンも自ずと違ってくるし、大学には自分の教室というものが無いこともあって、クラスメイトという概念がそもそも高校までとは違っていた。

一方で水曜日の四時限目、理学部一年の必須科目「基礎実験1」は演習科目であり、履修者は必ず実験室に足を運んで仲間と顔を合わせなければならなかった。実験の手順や分担等を話し合い、計測した数値を確認し合い、レポートには全員のフルネームを毎回必ず書く。そういった手順のひとつひとつが、学科を越えて集められた僕たちを仲良くさせたのだろう。僕の所属する第二十七班の五人は、最初の週から毎回、実験終了後にみんなで夕食を共にするようになっていた。あるいはグループ唯一の女性、米原亜紀さんの魅力というのも、その大きな理由のひとつだったかもしれない。

理学部には地球科学科のほかに、物理学科・化学科・生物学科・数学科の合わせて五つの学科があり、それぞれの定員がキッチリ三十名で、「基礎実験1」は各学科から一名ずつ、五人編成の班を三十個つくって、各班ごとに違った実験を行うことになっていた（といっても今週第三十班が行った実験を、次週には第二十九班が行うといったローテーション方式で、結局は一年をかけて学部側が用意した三十種類の実験を平等に体験することになるのだが）。ちなみに昨年単位を落とした二年生が四人いたので、第一班から第四班までは六人編成だった。

ともあれ班の数は三十個。一方で理学部一年生全体で女子は二十八人しかいないと聞いていた。つまり女子が全員バラけたとしても、男子ばかりの班が必ず出来てしまう。

女子が複数集まった班もあっただろうから、そのぶん外れの班も増える。そうした中、僕たちの班は当たりだった。女子は米原さん一人だけだったが、その女子が当たりと呼ぶにふさわしい外見と性格を兼ね備えていたのだ。彼女は僕が地元にいたままではおそらく出会えなかったであろうタイプの美人だった（とはいっても彼女も僕とは別の地方出身者だったのだが）。目鼻立ちが整っているのみならず、表情が豊かで愛らしい。男だったら誰でも彼女のことを（程度の差はあれ）好きになるだろう。

各班の編成は学籍番号順で、つまりは五十音順であった。

僕は箕浦という自分の苗字に感謝する程度には、彼女と同じ班になれたことを嬉しく思っていた。初対面の段階ではみなマスクをしていたので、顔の半分はわからなかったが、目元だけを見ても、こんな可愛い子と同じ班になれたのはラッキーだと思った。

それは第二十七班の僕以外の男子学生三人にとっても同じだったろう。

「まずは自己紹介をしましょう。僕は化学科の日野です。日野知央と言います。今日はみんなそれぞれ違った学科から集まっているので、なぜその学科を選んだかを自己紹介に付け足しましょうか。えーっと僕がなぜ化学科を選んだかというと、僕は将来高校で理科の教師になりたいのですけど、バケ学ってビーカーとかフラスコとか試験管とか、いかにも理科って感じがする科目じゃないですか。それで化学科を専攻しました」

二重の幅が大きくて眠そうに見えるのが難点だが、まずまずイケメンの部類に入るであろう。五人集まった段階でまず率先して話し出した点からして、リーダー的性格をしていることが察せられた。続いて長身の男が発言する。

「あ、オレは元木（もとき）公児（こうじ）と言います。物理です。ミステリが好きで、ミステリには物理トリックと心理トリックというのがあるのですが、物理を勉強しておけば、もしかしたらいつか自分でも、いい物理トリックを思い着いたりするんじゃないかなって思って——というのは冗談です。ミステリが好きなのは本当ですけど。物理の成績がいちばん良かったからですね」

続いて目元に愛嬌（あいきょう）のある、育ちの良さそうな男が手を挙げた。

「生物学科から来ました、羽（は）群（むら）仁馬（じんま）です。ハムラはちょっと珍しい、羽に群という漢字を書きます。ジンマは仁義の仁に馬です。名前からして生物っぽいでしょ？　実際、生き物は何でも好きです」

日野くんがすかさず「ゴキブリとかも？」と質問をすると、ちょっと苦いような顔をして、

「まあ一部、例外はありますけど。でもゴキブリもいちおう手で触れたりします。だからもしこの部屋に出たとしても、殺すよりかは逃がす方針で」

注目の美人は最後に取っておこうという雰囲気があったので、次は僕の番だった。

「地球科学科の箕浦克己（かつみ）と言います。星空を眺めるのが好きなので、地球科学を選びま

した」

　すると長身の元木くんが意外そうな顔をして、

「天体観測は、高校までは地学部とかでやってるけど、大学では天体物理学だから、物理になるんじゃないの」

「え、そうなんですか？」

「おいおい大丈夫か」と元木くんが言うのを手で制し、日野くんが割って入った。

「地球科学には惑星科学も含まれるはずですから、いちおう天体っぽいことも学ぶと思いますよ。まあ地球が中心だと思いますけど、自転とか地軸がどうのこうのとか――でもまあ、基本は地質とか地層とか、そっちですかね」

「あ、じゃあ大丈夫です。ブラタモリとか好きで、毎回録画して見てましたんで」

　僕がそう答えたときには、他の三人の視線は残る一人に集まっていた。

「えーっと、数学科の米原亜紀と言います。よろしくお願いします。私が数学を選んだのは――やっぱり成績が良かったから、かな。あと数学の魅力的なところを言うと、いちばん純粋な学問のような気がして」

「理学部の中で唯一、卒業研究が無い学科って聞きましたけど」と日野くん。

「それも選んだ理由のひとつかな」

　元木くんが少しオーバーな身振りをしながら、

「それにしても、理系の中でいちばんハードな分野ともいえる数学科の代表が、よりによって女子とはね」

するとと米原さんはニッコリ微笑んで、

「数学科一年の女子は四人います。私以外の三人もみんな私と同じように、男子四人女子一人の組合せになっているとしましょう。その場合、三十分の四の確率で起きる事象を、そんなに珍しがるのはいかがかしら。十三・三三パーセントって、けっこう高い数字ですよ。たとえば日本人の場合、ＡＢ型の比率は約十分の一ですから、五人集めたときの紅一点が数学科になる確率は、ＡＢ型の人の比率よりも高いことになります。ただこれは、五人集めたときにＡＢ型が含まれているかいないかって話じゃなくて――うーん、集団と個人の確率を比較するのもおかしいか。……ちなみにこの中で、ＡＢ型の人は？」

誰の手も挙がらなかった。

「五人集めてＡＢ型が含まれていない確率は……十分の九の五乗ですから、約五十九パーセントですね。お金を賭けるならＡＢ型がいないほうに賭けたほうが儲かるはずです。あーっと、理系にはＡＢ型が多いとか、何かそういった要因があればまた別ですけど」

目を見開いて「計算早っ」と呟（つぶや）いたのは羽群くんだった。

そんなふうに簡単な自己紹介が済んだところで、僕たちはいよいよ実験に取り掛かった。第二十七班が最初に担当したのは、ねじれのヤング率という実験だった。初回なのでイマイチ要領がわからず、午後五時終了の予定が三十分ほど押してしまった。

「お疲れさま。ちなみにこのあと予定のある人はいます？　せっかくだから夕食をご一緒しませんか？」

言い出したのは、実験でもリーダー役を務めた日野くんだった。

「私は賛成」

最初に米原さんがそう言った段階で、全員参加はほぼ決まったも同然だった。もしかしたら何か予定の入っていた人がいたかもしれないが、米原さんとの食事より優先すべき事項が世の中にあっただろうか。

学食でそれぞれ好きなメニューを選んでテーブルを囲み、食事だからみんなマスクを外す。そこでようやく米原さんの顔全体が確認できた。予想以上だった。目も鼻も最高だった。歯並びも良かった。マスクの下にこんな整った顔が隠されていたとは。

日野くんが会話をリードし、羽群くんが動物の話を、米原さんが確率の話をする。元木くんはその三人ほど多弁ではなかったが、それでも要所要所で含蓄のある話題を披露していた。

僕は聞き役に徹していた。それでもその三十分強の時間は充実したものに感じられていた。

僕が思い描いていた大学生活とは、まさにこういうものだったのだ。

2

水曜日の実験終了後の食事会は、第二回、第三回の実習の後にも行われ、もはや定例となっていた。二十九個ある他の班で、僕たちと同じことをしている班というのを聞いたことが無かったので、これは第二十七班に特有の——つまりは米原亜紀さんの存在が大きかったのだと思われる。

僕にとって週一回の実験とその後の食事会は、大学生活で最大の楽しみになっていた。のみならず、そこからまた別の楽しみが派生した。第三回の実習は四月二十七日に行われたのだが、その食事会の最後に、羽群くんが僕たちを旅行に誘ったのだった。

「来週はゴールデンウィークで学校自体が休みですけど、みなさんは何か予定は入っていますか？　実はボク、東伊豆の伊豆高原駅の近くに別荘を持ってるんですよ。普段あまり使わないから宝の持ち腐れ状態で、ゴールデンウィークには必ず行かなきゃって思ってたんですけど、どうです？　一緒に行きません？　ボクは数日間滞在するつもりですけど、その間に一泊二日ぐらいの日程で来てもらえると、ボクとしても嬉しいんですけど。たとえば来週の水曜日から木曜日——日付で言うと五月四日から五日にかけてとかは？　都合の悪い人は手を挙げて」

誰の手も挙がらなかった。僕はゴールデンウィーク中は実家に帰るつもりでいたのだが——まあ一週間まるまる実家に滞在する必要もないだろう。今回も米原さんの動向が決め手になるだろうと思って注視していると、羽群くんがその米原さんを指名して尋ねた。

「米原さんは大丈夫？」

「予定は空いてるんだけど——どうしようかな」

「だったら来てくださいよ。米原さんが来るって言えば、他の三人も来るだろうし」

「本当に？　みんな揃って行くんだったら行きたいなと思ったんだけど」

「行きます行きます」と被せ気味に答えたのが日野くんで、

「オレも大丈夫です」と元木くんも請け合った。みんなの視線が僕に集まる。

僕は無言で頷(うなず)いた。このころには僕はグループ内で「無口な奴」という認識をすでに得ていたので、ただ頷くだけで意思が伝わるのはとても楽だった。

「じゃあ決まりだね」と羽群くんは嬉しそうだった。他のメンバーもウキウキした表情を見せていた。

そこで僕たちは携帯電話の番号を交換した。羽群くんにはそうする必要があったのだが、だったら僕も私もという形で、五人がお互いに番号を教え合ったのだ。結果、僕のスマホには米原さんや、他の三人の番号が登録された。

羽群くんが全員の番号を知りたがったのは、実は彼は高校卒業前に運転免許を取得していて、ただし車は都内では乗りづらく、逆に伊豆にいるときには車があったほうが便利ということで、マイカーを別荘のほうに置いているそうだ。だから僕たちが伊豆高原駅とやらに着く時刻を列車内から連絡すれば、彼が迎えに来てくれるという。

「車を動かしたいので、何度呼び出されても大丈夫です。だから来るときはみんなバラバラでも大丈夫ですから」

羽群くんは僕たち四人が一緒に来ることを警戒しているようだった。帰りはおそらく四人一緒に帰ることになるだろう。来るときも一緒だと、自分が爪弾きにされている時間がそれだけ増えてしまう――そして他の男子と米原さんとの仲がそのぶん近づいてしまうのを、どうにかして避けたいという気持ちは、わからないでもない。

「私、行くことは行くけど、当日になるまでたぶん、何時の電車に乗るとか、前もって決められないと思うの。だから集合時間を決めて、みたいなのは無理かな」

米原さんがそう言ったので、男子だけで集まってもしょうがないということで、僕たちは各自バラバラに東伊豆に向かうことになった。

「何時ごろ到着するのがいいとか、この時間はまずいとか、あります？」

最後に日野くんが羽群くんに確認すると、

「朝早くはアレですけど、午前中でも午後でも大丈夫です。午前中に着いた人にはお昼も振舞いますし——でも夕食はみんなで一緒に取りたいですね。だから夕食前には着くように来ていただければと」

「了解」

ゴールデンウィークに入ると、僕は実家に帰るのが何だか面倒になり、母親にその旨を連絡すると「じゃあ夏休みには帰っておいで」とのことだった。大学図書館の蔵書整理のバイトが運良く転がり込んできたので、二日間で一万円弱の手当をいただいた。月々の仕送りは家賃と生活費でほぼ無くなる計算だったので、今回のような予定外の出費に対応できるように、今後もちょっとしたバイトをしていかなければと思った。

そして五月四日。予報によれば今日明日の天気は晴れとのことだった。

さて何時に行こうか。

米原さんが一番に着いて、羽群くんと二人きりの時間ができるのはまずい。それを防止するために午前中から行ったほうがいいのではないかと最初は思ったのだが、同じことは日野くんも元木くんも考えるだろうから、その二人のうちどちらかは午前中には行くだろうと予想して、僕は午後も日が傾くころに着けばいいやと考え直した。

スマホでルートの確認をする。熱海までは新幹線で行って、あとは伊東線というのに乗り換えれば、伊豆急の伊豆高原駅まで乗り換えなしで行けるはず。昼食を取ってから家を出ても、午後四時前後には着くようだった。

品川駅のほうが家から近かったが、ゴールデンウィーク中であることを考えると、新幹線の自由席で確実に座るためには始発の東京駅まで行ったほうが良いだろうと判断した。切符を買ったのが午後一時半過ぎ。こだま号では比較的空いている後ろのほうの自由席を目指してホームを移動していると、人ごみの中に米原さんを見つけてしまった。大学ではいつもガーリーなスカート姿だったが、今日はジーンズにパーカー、大きめのリュックを背負った活動的な格好をしていた。どうしよう、一緒に行くのは気まずいから見つからないようにしようかと逡巡（しゅんじゅん）したとき、彼女が僕のことを見つけてしまった。手を挙げて近づいてくる。

「箕浦くん。やっほー」

「こんにちは」

新幹線と伊東線、伊豆急あわせて二時間ほどの行程である。米原さんと二人きりで過ごすのは、嬉しいけどちょっと厳しいかもと思っていると、

「箕浦くんは自由席？　私は指定の切符を買っちゃったけど」

「じゃあ車両は別々ですね」

少しホッとしながらそう言うと、

「もし自由席が空いてたら、そっちに移動してもいいけど」

「いえいえ。お構いなく」

「そう？　じゃあ熱海駅に着いたら、そこからは一緒に行こうね」

バイバイと手を振る彼女を残して、僕は最後尾の十六号車を目指してホームを進んだ。

やがて列車が入線し、清掃が終わって乗車時刻となった。ホームに並んでいた全員が乗り、あとから来た人が乗っても、十六号車にはまだ空席が残っていた。ゴールデンウィークとは言ってもまだ中盤。コロナ禍の影響もあるのだろう。

隣の席が空いていたので、米原さんが来ないかなと思っていたが（来たら来たで困っていただろうが）、彼女は結局現れず、僕は熱海までの四十五分間を一人穏やかに、フォッサマグナの本を読んで過ごした。

熱海駅に着くときには、乗り過ごしたことにして次の三島駅まで行ってしまおうかと考えたりもしたものの、それも面倒くさいなと思って普通に降車した。ホームで米原さんと再会する。もしかして他にも同じ新幹線に乗っていた仲間がいるかもしれないと思ったが、日野くんや元木くんは見当たらなかった。やはり彼女と二人きりである。

「じゃあ行こうか」

米原さんが僕一人に笑顔を向けてくれている。一緒に伊東線のホームまで通路を歩く間、何か話さないとと思いつつ言葉が出てこなかった。階段を上がったところで、僕は足を止めて言った。

「僕は一本遅らせます」

「えっ」と彼女はしばらく絶句した。「……そんなに私と一緒が嫌？　私のこと苦手？」

「じゃなくて、羽群くんとか他の人たちにいろいろ気を遣わせたくないというか。そういうの、面倒くさいから」

「ああ……」と言って頷いた米原さんは、近くに掲示されていた時刻表を見て、

「次の電車に乗らないとすると――ここで一時間以上待つことになるよ。それでもいいの？」

「読む本がありますから」

僕が頑（かたく）なにそう言い張ると、

「わかった。じゃあ向こうでまた会いましょう。あと新幹線が同じだったこともみんなには言わない。それでいいんだよね」

僕は無言で頷いた。近くにあったベンチに腰を下ろし、バッグから読みかけの本を取り出す。ページを開こうとした僕の手を、不意に米原さんが抑えて、すっと僕の隣の椅子に座った。

「じゃあ電車が来るまでの間――十五分ぐらい待つみたいだけど、その間だけでも、話をしない？」

そこまで言われて拒否できる男がいるだろうか。僕は無言で頷いた。

「じゃーあー……ゴールデンウィーク、何してた？　帰省した？」

米原さんは会話をリードするのが上手かった。誰でも何かしら答えられるであろう質問をしてくる。僕は何となく帰省しなかったこと、教務課でたまたま大学図書館のバイト募集の貼紙を見つけて臨時収入を得たこと、仕送りの額が少なめで、今後も何かしらバイトをしていかなければならないと思ったことなどを、気が付いたら喋っていた。

僕の話がいったん途切れたタイミングで、米原さんが指摘した。

「箕浦くんって――ポーカーフェースだよね」

「よく言われます」

僕は感情が顔に出ないタイプだと、他人からたびたび指摘されてきた。表情にとぼしい。全力疾走をした直後でも涼しそうな顔をしている。代表に選ばれても特に喜ばない。いろんな言われ方をしてきたが、感情があること自体を否定されなかっただけマシなのかもしれない。

「マイペースなB型？」

「B型ですけど、それはたまたまです。AでもOでもマイペースな人は一定数いますし」

「血液型性格診断みたいなのは信じてないんだ」

「米原さんは？」と聞き返したところ、彼女は目をニッと細めて、

「箕浦くんが初めて私に質問してくれた。ようやく関心を持ってくれた」

「いや、関心は、もっと前から持ってますよ」

「だったら何でも質問すればいいのに。女の子と会話を持たせる秘訣だよそれ」

「じゃあ——」さっそく何か質問をしようと思ったが、特に何も浮かばなかった。変な間が生じて、米原さんがプッと噴き出した。

「箕浦くん、独特だよね。あ、電車が来たみたい」

熱海駅は上りの終着駅で、乗客が降りたところで今度は下り列車の始発になる。発車までにはまだ数分の猶予(ゆうよ)があったが、米原さんは「じゃあ後で」と言い残してすぐに乗車してしまった。僕は手に持ったままだったフォッサマグナの本を開いた。

3

伊豆高原駅は思っていた以上に立派な造りだった。改札を出たところで本日二度目の電話を掛ける。羽群くんの誘導に従って「やまも口」という出口から外に出ると、スマホを耳にあてた羽群くんが目に入った。通話を切って、

「ようこそ伊豆高原駅へ。じゃあさっそくウチに行きましょう」

見渡す限り、初心者マークの付いた車はトヨタの白いノアが一台あるだけで、はたして彼はその車の運転席に乗り込んだ。僕も後部座席に乗りながら、

「いい車ですね」

「すぐ着きます」

ものの五分で着いた羽群家の別荘は、僕が思っていたものとはかなり違っていた。何となくコテージのような外観を想像していたのだが、門構えからして、街中にあってもおかしくない普通の住宅のようであった。建物の向かって左側に位置するガレージにバックで車を入れたあと、そこから直接屋内に通じる裏口があったのだが、お客さんを裏口から迎え入れるわけにはいかないと言って、いったん表の道路に出てから改めて玄関に向かった。建物はコンクリート造で玄関は西向き、正面から見ると平屋のように見えるが、斜面に作られているということで、実は玄関のあるフロアが二階、その下に一階があるという変則的な造りの二階建てだった。

靴を脱いで上がったそこは広いＬＤＫで、ダイニングテーブルにはお菓子の袋とグラスが並び、米原さんは当然のこと、日野くんと元木くんもすでに寛いで僕らのことを待っていた。鉤の手に折れた右手奥のスペースは、リビングの三分の一ほどの広さで、ローテーブルを囲むようにソファが置かれており、正面と右手の二面が床から天井までのガラス張りになっていた。サンルームとでも言うのだろうか。そのガラスの向こうに、広大な海が見えていた。思わず窓辺に足が向いた。建物の下は樹木の生い茂った六十度ぐらいの急斜面になっていて、その下の岩場に波が打ち付けているのが見えた。海面までの高さは二十メートルくらいだろうか。潮騒がまったく聞こえないのは、ガラスが防音になっているのだろう。

「すごいいい眺めでしょ」と、なぜか日野くんが羽群くんに代わって自慢してきた。

「お疲れさま。ジュース飲む？」と米原さんが気を利かせてくれたので、僕は頷いてリビングに戻った。建物の右手の、サンルームとは逆側には、地下に降りる階段があった。いや地下ではなく、このフロアが二階で、階段の下が一階だったか。

この二階には、ＬＤＫとサンルームのほかに、サンルームと同じ広さと思しき部屋が二つあった。羽群くんが右のドアを指さして、

「あの部屋はボクが使っています。その隣がゲストルームその一で、米原さんに割り当てました」

「夜這いするなよ」と日野くんがすかさず言う。

「うるさい。あの階段を下りた一階はこの二階の半分の広さで、あのサンルームの真下がお風呂、その左に二階と同じようにゲストルームが二つ並んでいて、だからひとつ足りないんだけど……」

「羽群くんが夜這いしないように、僕が羽群くんと同じ部屋に寝るよ」と日野くん。

「じゃあそうしてくれ」

「ミノくん、一緒に行こう」

日野くんと一緒にトイレの脇の階段を下りる。廊下の右手にドアが三つ並んでいて、日野くんは二番目のドアを開けた。

部屋にはベッドが二つあり、片方の布団の上に広げられた荷物を日野くんが自分のスーツケースに詰め直すと、僕に「じゃあ、どうぞ」と言い残して出て行った。正面の窓はカーテンが開けられていて、一面が床から天井までのガラス窓になっていた。といっても右半分が嵌め殺しで、開閉可能な左半分の外には幅の狭いベランダがあって、胸までの高さの手すりが細い鉄柵で支えられている。全面嵌め殺しだと換気ができないし、全部をベランダにしてしまうと鉄柵が部屋からのオーシャンビューを遮ってしまうので、こういった形になっているのだろう。

部屋にはベッド二つのほかに、作り付けのクローゼット、書き物机、テレビと、昔風の電話機が備え付けられていた。ホテルと違ってトイレとバスは各部屋には無い。トイレは二階と一階の階段の隣に、バスは羽群くんの説明によると階段を下りてすぐ、つまりこの部屋の右隣に位置しているはず。ドアノブの下にはツマミがあり、中から施錠することができるようである。日野くんと同じように荷物を空いたベッドに置くと、ツマミをカチャカチャいじってから廊下に出た。鍵穴のようなものは一切ないので、外からは施錠できないようである。部屋を空けているときに物を盗まれるかもしれないが、中で寝ているときに襲われる心配だけはしなくていい。二階のゲストルームも同じ造りなら、とりあえず米原さんは安心だなと、そんなことをつい考えてしまう。

二階に戻ると、羽群くんがキッチンで調理に取り掛かっていた。エプロンまでして本格的だ。ダイニングテーブルは六人掛けで、これが習慣というものだろうか、学食でのいつもの座り順と同じ位置に全員が座っていた。片方の中央に米原さん、その右隣に日野くん、その正面に元木くん。米原さんの左隣が今は空いていたが、羽群くんの定位置なので、僕はその向かいに座った。対角にいる日野くんが話し掛けてくる。

「ミノくんは独り暮らししてるんだよね。料理とかする？」

「ご飯は炊いたりしますけど、おかずは買ってきたり、冷凍食品とかで」

「米原さんは？」

「私は作るのは苦手。食べるの専門」

「じゃあ旦那さんが料理できたほうがいい？」

「旦那さんは……お仕事を頑張ってくれればそれでいいかな。そうやって稼いでくれたお金で、私は美味しいものを食べ歩く、みたいな」

僕たちの会話を聞いていたのか、キッチンで羽群くんが軽くコケてみせた。せっかく米原さんにアピールするぞと張り切っていたのに、的な感じで。それだけ料理の腕に自信があったのだろう。

実際、羽群くんの作った料理は予想以上だった。ご飯とみそ汁が人数分あって、サラダの大鉢と、大皿に盛られたおかずを取り皿に取って食べる形式で、最初のおかずがエビフライと鶏の唐揚げ、それが空いたら今度は焼き餃子が追加で振舞われた。家で揚げ物をするのが大変だということはわかるし、餃子も自分で包んだという。餃子の餡(あん)には小さく刻んだピーマンが入れられていて、それが抜群に美味しかった。

「実験のときから思ってたけど、羽群くんってA型じゃない？」と日野くんが言った。ここにも血液型性格診断の信者がいたか。僕が反射的に米原さんの顔を見ると、彼女も周囲に気づかれないように配慮しつつ、一瞬だけ僕のほうに黒目を向けた。羽群くんが「当たり」と嬉しそうに言う。

餃子が出たところで缶ビールが食卓に並べられた。手をつけたのは羽群くんと日野くん、米原さんの三人だった。僕は烏龍茶のままで通したが、元木くんが飲まないのは意外だった。五人の中ではいちばん外見が大人びていて、だからお酒も率先して飲むほうだと思っていたのだ。僕ほどじゃないけど言葉数が少ないほうだし、お酒も飲まないようにしているということは、もしかして元木くんは僕とけっこう似たタイプなのかも。

食事の後片付けが終わると、僕たちはサンルームに移動して、トランプでドボンを始めた。日が沈んで窓の外が暗くなっていたので、ガラスが鏡になってしまい、カードゲームには適さないため、カーテンが閉じられた。いつも同じ座り位置だとつまらないと元木くんが言い出して、彼と日野くん、僕と羽群くんが位置を交代することになった。

食事が終わっても、もう誰もマスクは着けなかった。

日野くんはお酒が好きだけど弱いほうらしく、飲み始めて三十分もしないうちに目つきがトローンとし始めた。

一時間ほどプレイしていると、元木くんが左隣の米原さんに決してドローツーやドロースリーを出さないように配慮していることに気づいた。僕は遠慮なく、好きなときに好きなカードを左右どちらにも出していた。そうか。それで元木くんのチップは減り続けていたのか。素面（しらふ）の僕が一時間経ってようやく気付いたのだから、お酒を飲んでいる米原さんたち三人は、おそらくそのことに気付いていないだろう。

元木くんなりのアピールだとしたら、米原さんには届いてないと思う。あるいは隣の女性が米原さんでなかったとしても、紳士として、女性にはドローツーを出さないという信念を持っているのかもしれない。お酒を飲まないのも自分がまだ未成年だから、という理由だったとしたら、彼は彼なりの行動原理を持ち、頑なにそれを守るタイプなのかも。もしそうだとしたら——元木くんが僕と似たタイプなのだとしたら、ますます僕個人に特有のアピールポイントがなくなってしまう。

「料理ができて、こんなすごい別荘も持っていて。羽群くんと結婚する女性は幸せ者だよな」

酔った日野くんは、なぜか米原さんの目の前で羽群くんのことを褒め始めた。人は酔ったときに本性が出るというが、だとしたら日野くんは友達思いの優しい人間だということになる。

「そういえば、羽群くん以外のお家の人たちはどうしてるの？　こんな立派な別荘を持っていながら、ゴールデンウィークに使わないの？」

米原さんが改めて不思議そうな顔をして質問した。すると聞かれてもいない日野くんがまたしても、

「いやそれが違うんですよ。僕も今日の午前中に聞いて驚いたんですけど――」

やはり日野くんは午前中から来ていたのか。いやそんなことより――今何て言った？

「――この別荘、羽群くん個人の持ち物なんですって」

「え、ホントに？」

米原さんが目を丸くした。すると今度こそ羽群くん本人が、照れた様子で、

「ええ。説明すると長くなるんですけど、去年、まだボクが高校生のときに、ボクの曾お祖父さんが亡くなって。いや九十八歳で大往生だったから別にいいんですけど。それでその曾お祖父さんが不動産を驚くほどたくさん持っていて、ですね、奥さんはすでになく、子供もボクのお祖父さんが一人だけで、普通の相続だとその子供一人が全部相続することになるんですけど、ボクのお祖父さんも当時七十八歳で先がそんなに長くないだろう、すると二回続けて相続税を払うことになって、ボクの父親に渡るころにはほと

んど何も残らない。だったらお祖父さんを飛ばしてしまえ、お祖父さんだって現在それなりの財産を持っているのだからということで、一世代飛ばしてボクの父親に相続させようって話が出て——結局曾お祖父さんの孫も、ボクの父親一人きりなんですけど、その話がまた変化して——どうせだったら曾孫たちにもこの際だから分けちゃおうって話になって——それでボクは三人兄弟の三男なのですけど、曾お祖父さんの持っていた財産は、だからボクの父親とボクたち三兄弟の、合計四人で分けるような感じで相続しようって話になって、そういう形で亡くなる前に曾お祖父さんに遺言書を作成してもらってたんです。それでボクはこの別荘と、あとそれより大きいのが、その曾お祖父さんが都内にアパートとかマンションとかを何棟も持ってたんで、ボクたち兄弟にも一棟ずつ、アパートやマンションを分けてあげようって話になって。その他の有価証券の類は相続税の支払いに使って無くなってしまいましたし、いちばん大きかったマンションも相続税のために手放してしまったんですけど、それでもいろいろと残って、ボクの場合はアパートとこの別荘は何とか手元に残って——それでアパートからの家賃収入っていうのがあって、ボクはだから毎月何もしなくても、自分の口座に何十万円という家賃が振り込まれるようになったんですよ。去年から、まだボクが高校三年生の分際のときからですね。えへへ。でもそれじゃあ人としてダメになっちゃうと思ったんで、ちゃんと受験して大学で勉強をして、将来はブリーダーか何かになれたらいいなって思ってるんですけど」

黙って話を聞いていた僕は、途中で気が遠くなりかけた。いやいやいや。高校生でアパートのオーナーになり、毎月数十万円の家賃収入があるって、いったいどこの世界の話なんだ。

話を振ったはずの日野くんも目を丸くして、

「いや、そのアパートの話は聞いてない……」

「言ってないから。高校時代も黙ってて。いま初めて人に話した」

「いや、すっげーな」

話の衝撃でみんなの手が止まってしまった。羽群くんが時刻を確認して、

「おっと。もう九時ですね。お風呂どうしましょう。レディーファーストで米原さん、入ります？」

「あ、じゃあお言葉に甘えて」

左の部屋にいったん入り、着替えが入っていると思しき袋を抱えて階段を下りてゆく。

日野くんの目がほとんど開かない状態になっていた。ふらふらとトイレに向かったかと思っていたら、米原さんの後を追うようにして階段を下り始めたので、羽群くんが慌てて止めに行く。

「どこ行くの」

「部屋で寝る」

「下の部屋は箕浦くんに明け渡して、ボクの部屋で一緒に寝ることになったでしょ」

「ああ、そうだった」

ふらふらとした足取りで戻って来ると、右の部屋に入ってしまった。

元木くんが散らばったトランプを集めると、他にやることがないといった様子で、僕と羽群くんを相手に手品を見せ始めた。それがかなり上手い。別々の山に入れたはずの四枚のAが、いつの間にか一ヵ所に集まっている。羽群くんが驚いた様子で、

「すげっ。……何でそれをさっきみんなに見せなかったし？」

話し言葉で実際に語尾に不要な「し」をつける人を初めて見たかもしれない。それはともかく。みんなに、というよりかは、米原さんに、というべきところだろう。僕も同じことを思った。なぜその手品で米原さんに自分をアピールしない？　ただそれでは露骨すぎて逆効果になりかねないと、元木くんは考えたのかもしれない。羽群くんも日野くんが言い出さない限りは、自分から不動産の話はしないつもりだったのだろうし。みんないろいろそれなりに考えてはいるのだ。

ともあれ元木くんと羽群くんの間ではお互いに、相手が米原さんを狙っているという共通認識ができている。今は酔っぱらってしまって離脱している日野くんも、普段はその戦線に加わっている。でも僕は他の三人から、米原さんを争うライバルの数に入れら

れていないような気がしていた。まあ僕としても、その三人と本気で争って勝てるとは思ってもいなかったので、そういう扱いでぜんぜん平気だったのだが。

　お風呂は米原さんの次に入らせてもらった。ドアを入ると脱衣所で、鏡と洗面台があり、宿泊者数と同数のバスタオルや使い捨ての歯磨きセットなどが用意されていた。洗濯機や乾燥機、ドライヤーなどの電化製品も置かれていた。ガラス戸を入ると浴室で、鏡とシャワーとカランのセットが脱衣所との境の壁に向かってふたつ設置されており、僕の部屋と同様、奥の一面がガラス窓になっていて、左半分が開閉可能、その外は狭いベランダになっている。

　浴槽は岩風呂というのだろうか——直径二メートルほどの浴槽の形に岩が配置されていて、隙間をコンクリートで埋めたものに、湯がなみなみと張られていた。底も平らではなく少しデコボコしている。手前側やや左手の底はベンチ状に高くなっていて、一ヵ所、岩のデコボコにお尻がぴったりと嵌まる場所があって、そこに坐ると肩がお湯から出てしまうのだが、オーシャンビューには最適の場所のように思えた。残念ながら今は闇に包まれていて、窓の外の景色は楽しめなかったが。

　そんなふうに順番にお風呂を使って夜十一時になり、僕たちはそれぞれの部屋で寝る流れになった。一階のいちばん奥が元木くんで、その手前が僕である。軽く手を振って自分の部屋に入り、ベッドで横になっていると、しばらくして電話機のベルが鳴り始めたので、僕はビックリして飛び起きた。家主の羽群くんが出るべきだろうと思ってしばらく待っていたが、鳴り止む気配がない。おそるおそる受話器を取り上げると、

「あ、箕浦くん？　内線電話だから早く出てよ」

掛けてきたのは羽群くんだった。見れば電話機本体には「4」というシールが貼られていた。

「日野くんがコンタクトのケースが見当たらないって言うんだけど、そっちの部屋にない？」

「探してみます」

受話器を持ったまま上体だけ動かして確かめてみたところ、ベッドの足元にそれらしき物が落ちているのが目に入った。

「あ、ありました」

「それ、持ってきてくれる？」

「わかりました。すぐ行きます」

二階の羽群くんの部屋にケースを持って行き、電話に出なかったことを謝罪した。すると、

「いやいや、こっちこそ。元木くんも同じだったし。言われなきゃ外線だと思うよね」

「元木くんにも掛けたの？」

「いや、真ん中の部屋だってことはわかってたんだけど、番号を間違えてね。この部屋が一番で、その下だから三番だと思って掛けちゃったんだ」

僕らがそんな会話を交わしている間、日野くんはさっそく外したコンタクトをケースに仕舞っていた。

部屋に戻ると、僕は一度窓を開けてベランダに出てみた。途端に潮の香りが鼻を衝いた。潮騒が下から響いてくる。左側にはベランダと同じ奥行きで衝立(ついたて)状の壁の出っ張りがあり、隣室のベランダから覗かれないようになっていた。僕の部屋からもお風呂場のベランダは覗けないようになっている。夜空は晴れ渡り、東京では見られない星空が目の前に広がっていた。

正面には夏の大三角が見えていた。星座をちゃんと目にしたのは、田舎を出て以来だったろうか。

なぜか目に涙が滲(にじ)んだ。

4

ゴールデンウィークが明け、五月もなかばを過ぎた水曜日の夜、アパートに帰って漫然とテレビを見ていたときに、米原さんから電話が掛かってきた。

僕たちはその日、「基礎実験1」の第五回目の実習を行った。三時半から五時までの間は一緒にニュートンリングの計測をし、実験終了後はいつものように五人揃って夕食を共にしていた。さっきまで顔を合わせていた相手である。だから用件は、どうせ今日の実験に絡んだものだろうと思って電話に出たのだが……。

「はい。箕浦です」

「あ、もしもし、箕浦くん？　初めて電話しちゃったけど、いま大丈夫？」

「大丈夫ですけど、どうしました？」

当然、そんなふうに聞き返すことになる。すると彼女は、言葉を選びながら、

「実験の日って、みんなでご飯を食べて、何か楽しく一日が終わるじゃない？　それをね、一週間に一回じゃなくって、もっと楽しい日の回数が増えてもいいんじゃないかなって思って。たまには二人だけで、ご飯を食べたりしてもいいんじゃないかなって。箕浦くんはどう思う？」

「二人だけって、僕と、米原さんの二人？」

「そう。明日の夕御飯とかどう？」

「僕は……いいですけど。あ、いいっていうのは、結構だっていう意味で——いや結構だと逆の意味になるのか。えーっと、大丈夫です」

「大丈夫って、どっち？」

「あ、えーっと、間に合ってます、じゃないほうです。望むところです的な」

するとと米原さんは電話の向こうでクスクスと笑い出した。その笑顔が見えるようだった。

「あーよかった。じゃあ明日の夕御飯ね。待ち合わせはどうする？　渋谷のハチ公前とかにする？　箕浦くんも地方出身者だったよね。そういうの憧れない？」

「一回はやってみたかったです」

「じゃあハチ公前で。午後六時とかで大丈夫？」

「大丈夫です。必ず行きます」

通話を終えたあと、部屋でひとりガッツポーズをしたのだが、もしそのときの姿を誰かに見られていたとしたら、相変わらず「もっと嬉しそうな顔をしなさいよ」と言われていたかもしれない。

一夜明け、五月十九日の木曜日。午後五時半過ぎに着いた渋谷駅は、あちこちで工事中だった。案内板と人の流れに従ってハチ公口から外に出てみたが、奥まったところに鎮座するハチ公像を見つけるまで、外の広場を少しウロウロする羽目になった。どうやら僕は二つあるハチ公口改札のうち、像から遠い方を選んで外に出てしまったらしい。なぜ同じ名前の改札が二つあるんだ。新宿駅が魔窟だという噂は以前から耳にしていたが、渋谷駅にも田舎者を狙った罠は潜んでいた。

それでも早すぎたようで、当然、米原さんはまだ来ていなかった。時間潰しをするつもりでスマホを取り出したとき、記念にハチ公像を写しておこうと思い立った。犬の像を写真に収めた瞬間、箕浦家で昔飼っていた雑種犬、マックスのことを思い出していた。

　マックスが病死したのは僕が十一歳のときだった。享年は十六。僕が生まれる前から一緒に暮らしていたはずの母親は、しかしマックスの最期を看取っても涙を見せなかった。僕も悲しいとは思ったものの涙は出なかった。急死していたらまた違っていたのかもしれなかったが、そうではなく、半年ほどかけて徐々に具合が悪くなっていったので、その間に自然と覚悟が出来ていたのだと思う。帰宅直後に知らされた父親も、ひと言「そうか」と呟いただけで、マックスの死を平然と受け入れていた。だから僕の感情外への見えなさは、絶対に親譲りなのだと思う。

　あと一点。もっと昔に母親から聞かされた、自分の名前の由来も、性格形成に大きな影響を与えたはずである。

　たしか小学二年生のときだったと思う。同級生のマーくんと些細なことから喧嘩になり、相手が悪いのだから謝るまで口を利かないと決めたことがあった。そんな僕に母親が諭すように言ったのだ。

「カッちゃんの名前の克己っていう漢字は、コッキとも読むんだよ。克服するのコクにオノレ——自分という意味の漢字の組合せでね、自分を克服してほしい——自分の悪いところ、弱いところを自分で直してほしいっていう願いを込めて付けたの。カッちゃんは今回の件は、マーくんが悪いって思ってるよね。相手が謝らないならこのままの関係でいいって。でもカッちゃんがまわりにいる誰かを嫌うってことは、その嫌いな相手と一緒に過ごさなきゃならなくなるから、結局は自分が損するだけなんだよ。誰かと意見がぶつかるたびに、あの子は嫌い、この子も嫌いってなる知り合いがいるんだけど、どこに行ってもしばらく経つと嫌いな人に囲まれた状況になっていて、私から見たら自分で自分を不幸にしているようにしか見えない。人を嫌ったり、あるいは羨んだり蔑んだり、そういう醜かったり弱かったりする自分の内面を、克服できるんだったら克服していったほうが、人生はより豊かになるから、カッちゃんにはそういう人生を送ってほしいなって、私とお父さんはカッちゃんが生まれたときにそう思ったの。……ちょっと難しかったかな？」

まだ七歳だった僕を相手に、よくそんな話をしてくれたなと改めて思う。十年以上経った今でもそのときの母親の表情や言葉遣いの細部までを思い出すことができるほど、その話は僕という人格の奥深くに届いた。両親からの遺伝に加えて、七歳のときのその教えがあったからこそ、僕は自分の負の感情を表に出さないようになり、場合によっては感情表現が下手だと言われるようになったのだろう。

そして、そんな自分を、僕自身はわりと好ましく思っていた。他人からは「箕浦くんのことがわからない」と距離を置かれることが多かったが、結果的に面倒を避け続けて生きることが出来てきたように思う。

だが僕とは正反対の性格のように思える米原さんが、僕のことをどう思っているか――想像がつかなかった。こうして向こうから誘ってくれたのだから、好意的に見てくれていると信じたいのだが……。

そんなことを考えているうちに、本人が現れた。今日は昼に学食で姿を見掛けていたので、赤っぽい服を着ていることは前もって知っていたが、それが無かったとしても視界に入ったらすぐに見つけていたであろう。そう、彼女には、独特のオーラのようなものがあった。といってもスピリチュアルな意味ではなく、身にまとった気品とか雰囲気とか、そういった意味のほうのオーラである。

彼女もすぐに僕を見つけて近づいてきた。

「けっこう前に来てた？」

「渋谷駅はぜんぜん詳しくなかったんで、何かあったときのために早めに来ようかなって。実際工事中でしたし」

スマホで時刻を確認すると五時五十五分だった。

「五分前行動の見本になりますね」

「いちおう狙ってはいたんだけどね。……今日はその、ですます調の話し方のまま？」

「いきなり直せって言われても」

「それもそうだね。じゃあ成り行きで、自然と砕けた話し方になったら、そうしてほしいな」

「そうなるといいよね」

「お、さっそく」

僕の言葉ひとつで米原さんの顔が綻ぶのが嬉しかった。キリッとした美人顔で、しかも笑顔が可愛いというのが、彼女の大きな魅力のひとつであった。

「いちおう私のほうで、行きたい店をいくつかピックアップしてきたんだけど。箕浦くんは？」

「このへんの店はまったく」

「じゃあ今日は私が決めた店で、私が食べたいものでいいよね？」

相手まかせのデートで良いのなら、僕としても楽だしありがたかった。

一軒目は混んでいたのでパス。二軒目もしばらく待つというので、僕たちは駅から少し離れた三軒目でようやく腰を落ち着けた。イタリア料理の店らしかった。

「駅から近い順に第一候補、第二候補ってさっきまで自分の中で呼んでたんだけど、行ってみたい順だと、ここが第一候補だったから、結果オーライ」

僕に気を遣って言っているのではなく、どうやら本心のようだった。ちょっと説明が難しいのだが、そういうのがわかるというか、何となく心の底で通じ合う感覚のようなものを、僕は彼女との間に感じていた。

「せっかく東京に住んでるんだから、地元じゃ味わえない美味しい店とか、オシャレな店とか、もちろん全部制覇することはできないだろうけど、ちょっとずつでも——毎月二軒ずつぐらいは、こうやって味わっていきたいと思ってて。まあ予算の許す限りで、なんだけど。とはいっても一人では入りづらい店もあるわけで」

「オシャレな店って、たいていそうですよね」

「そう。だから一緒に御飯を食べてくれる相手が欲しかったんだよね。特に男性の相手が」

そういうことか。同性の仲間とお店巡りをするのも良いが、それでは得られない何かがたぶんあって、男女のペアでお店の雰囲気を味わいたいときに誘う相手として、他でもない僕に白羽の矢が立ったのだろう。彼女と同じ数学科の二十六人の男子でもなく、基礎実験1の僕以外の男子でもない、僕だけにあるものといえば——。

「安心安全な相手ってことで」

やや自嘲気味にそう言うと、

「て言うか、波風を立てたくないのよね。同じ学科の男子とか、あと日野くん羽群くん元木くんとかとは、全員と同じ距離を取っておかないと、何かバランスが崩れたときが怖い気がして」

自分に熱を上げているように見える三人を避けた結果、冷めて見える僕にお鉢が回ってきたというわけか。まあ役得と思っておこう。

注文は無難にシーフードのパスタにして、ドリンクはノンアルコールを選んだ。先に届いたドリンクで、まずは二人で乾杯した。スパークリングワインを注文した米原さんが聞いてくる。

「羽群くんの別荘でもお酒は飲まなかったよね。箕浦くん、お酒弱いの？」

「弱いかどうかもまだ確かめてないんです。本当は家で一回潰れるまで一人で飲んで、それで自分の限界を知っておきたかったんですけど、コンビニでお酒を買おうにも、年齢確認で引っ掛かっちゃう気がして。何か言われたとき、大学の学生証を見せたって、一年生って書かれていたら、未成年だってバレますよね」

「ああ、箕浦くんってけっこう童顔だからね。でも年齢確認って、レジの画面に『二十歳以上です。確認』みたいなボタンが出て、それを押すだけでしょ、たしか」

「あ、そうなの？」

「違ったかな？　万一、口頭で問い詰められたときには、家にいま大学の先輩が来ていて、その先輩にお酒買ってこいって言われて買いに来ました、飲むのはだから二十歳を超えた先輩で、未成年の僕は飲みません、お酒を売ってくれないと、先輩に怒られます、とかって言えば、売ってくれるでしょ。向こうも商売なんだから。嘘だなって思ったとしても、コンビニの店員さんってたいていバイトでしょ？　そこまで言われて売らないとは思えないけど」

「なるほどね。じゃあ今度試してみます」

「そうだ。ねえ、これ試しに飲んでみて」

米原さんはそう言って、テーブル上の二つのグラスの位置を入れ替えた。半分ほど減ったスパークリングワインのグラスが、今は僕の近くに置かれている。

「全部じゃなくていいから。軽く一口とか。それだったらどんなに弱い人でも大丈夫だから」

僕は言われるままにグラスを手に取った。口に含んでみるとほのかにフルーツの香りがした。炭酸が喉ではじけて飲み心地は悪くない。

「甘くないジュースみたいですね。アルコールは思ったほど気にならなくて、ほんのり感じる程度で——ああ、これは飲みやすい」

「残りもいける？」

「ゆっくり飲みます」

そこでいったん会話が途切れた。僕は無理をしなかった。今日は相手から誘ってきたのだから。ついでに「無言でも気詰まりにならない関係」を築ければいいなと思っていたところ、米原さんが折れて話し掛けてきた。

「大型」とひと言。意味がわからない。目で問い掛けると、

「血液型」と言葉を足した。大型ではなくO型と言ったのだ。そこでようやく意味が通じた。熱海駅で僕が初めて米原さんにした質問の回答がいま来たのだ。

「遅いよ」

「あ、ちょっと笑った」

別に笑わない男を標榜していたわけでも目指していたわけでもなかったが、ここで笑わされたのはなぜか少し悔しい気持ちになった。

メインの料理が届いた。食事をしながら会話がさらに続く。

「ねえ、箕浦くんって、緊張したり、心臓がバクバクしたりすることってある?」

「そりゃありますよ。高校時代は陸上部で短距離走ってたんですから。レースのたびに心臓バクバクでした」

「それは走る前?　ゴールしたあと?」

「もちろん全力疾走したあとです」

「それは肉体的に当然の反応だよね。そうじゃなくて精神的に——そうだ、高い所は苦手?」

「いわゆる高所恐怖症っていうやつですか?　そうですね……本当に高いところって、

行ったことがないからわからないかも。高所ってどのくらいからですか？」

「いや普通に――たとえば五階建てぐらいの高さだと？」

「いや五階は低いでしょう。もっと――たとえばスカイダイビングだとか、そういうときの話じゃなくて？」

「つまり普通の高いところだったら全然大丈夫だと」

「大丈夫って、それでも落ちたら死にますよ」

「そう思える高さで脚が竦（すく）んだりしないのが、大丈夫ってこと。そうなんだ。ふーん。ちなみにいま私と二人きりでいて緊張とかしてない？　前の熱海駅のときとかは？」

「うーん、話が続かなくて困るなあとは思うけど、別に緊張とかは」

「じゃあ精神的に、心臓がバクバクしたり、冷汗が出たりすることって、本当に無いんだ」

「冷汗って、あの漫画でよくある、汗がタラーンってやつ？　あれって本当に出る人がいるの？　いわゆる漫画的表現だと思ってた」

　そういえば中学一年のとき、先生に出された問題が解けなくて、黒板の前で顔を真っ赤にして大汗をかいているクラスメイトがいた。風邪でも引いているのかと思っていたが、あれは精神的なものだったのか。

　米原さんが僕の反応を見て、嬉しそうな顔をした。

「箕浦くんって、マジで私の仲間なんだ」

「じゃあ米原さんも？」

「そう。私も基本的に高いところとか人前とかぜんぜん平気で——あと私も、もともとは箕浦くんみたいに基本無表情だったの。でもそれだと生きづらいから努力をして、そのときどきに合った表情を作って自然に見せるように頑張ってきたの。そうしたらコロナでみんなマスクをするようになったから、私も目元だけ気にすれば良くなったんで、だいぶ楽になったけど」

　今はマスクをしていない顔全体で、ニッコリと微笑んで見せる。相変わらず魅力的な笑顔だった。

「え、マジで演技なのそれ」

「そう。箕浦くんも努力すれば出来るようになると思うよ。でもまあ、箕浦くんの場合は別にしなくてもいいか。そのスタイルで社会的に成立してるもんね。控えめなところがいいのかな。あまり他人にこうして欲しい、ああして欲しいとか思わないタイプ？」

「そう思っても、まわりは結局そうはならないから、自分の中でストレスが溜まるだけですよね。だったら思わないほうがいいと、子供のころに気が付いて」

　本当は母親に言われて開眼したのだが、そこまで事細かに説明する必要もないだろう。

「私はもうちょっとワガママかな。ミノくんにもこうして欲しいって思ってることがあるの」

「え、どんな？」

「それは後で」

店を出たところで米原さんは身体を寄せてきた。僕の左腕を両手で掴んで、

「ミノくんって彼女、いないでしょ」

「ええまあ」

「じゃあ私と付き合って」

僕が無言になってしまったのは、こんな都合の良い展開があっていいのだろうかと思ったからだった。気が付くと心臓がバクバクしていた。顔も火照（ほて）っているのがわかる。

「おかしい。米原さんにときめいてるみたい」

「ああそれ」と彼女は笑った。「たぶんアルコールの作用」

「ああ、なーんだ」

「そうやって勘違いさせようと思って飲ませたの。ちなみに明日の講義は？　休んだらマズいのってある？」

「一時限目から四時限目まで、みっちり入ってます」

「私は一時限目は休んでも大丈夫だから、いったん家に帰って着替える余裕はあるの。だから休憩じゃなくて一晩お泊りがいいな。最初はちゃんとしたホテルで」

「そんな。まだ最初のデートで、キスもしてないのに」

そう言った途端、米原さんは背伸びをして僕の唇にキスをした。

「はい。キスは済ませたよ。お金は大丈夫。私が出すから」

彼女がなかば強引に僕を連れて行ったのは、想像もしていなかった高層ホテルだった。フロントで渡された鍵は二十二階のものだった。部屋にはダブルベッドがあり、窓は西に面していた。

僕は実は初めてだった。どんなふうに事を進めたらいいかがわからずに、とりあえず窓のカーテンを開け、広がる夜景を見渡した。この夜景も料金に含まれているはずだった。

「ミノくん、星空を見るのが好きって言ってたでしょ、自己紹介の時」

「うん。たとえばほら、あそこに二つ並んでいる星があるでしょ。あれがふたご座。で、あの左の星から斜め下に小さな星があって、右の星の右下にも同じように小さな星がある。だいぶ下だよ」

「ああ。うん。見えた」

「大きな八の字を描いているようにも見えるけど、僕はあれが富士山に見えるんだ」

「うん。たしかに」

「これってこの時期だと、この時刻の西空でしか見られないんだ。他の位置だとあの二つが平行じゃなくて斜めだったり縦に並んでたりするから、山の形にはなってなくて」

「そうか。見る向きによっても違うのか」

「空は一年かけてゆっくり回ってて、それとは別に毎日一回ずつ忙しなく回ってる。それが面白いんだ」

僕たちは夜景を見ながらもう一回キスをした。今度は米原さんは舌を入れてきた。その感触は初めてで、僕の身体の奥に火をつけた。

僕たちは裸になって抱き合った。想定外のことで、もちろん僕にはゴムの用意など無かったが、米原さんは、

「大丈夫。これ飲んでるから」

と言って、バッグから小さな箱を取り出して見せた。名前までは確認できなかったが、話の流れからいわゆる経口避妊薬というやつだとわかった。

アルコールが良い方向に作用したのか、僕のものは最初からそそり立っていた。それを彼女が誘導し、僕は夢のような場所で初めての経験を済ませた。

彼女はすでに経験済みのようだった。でもまだ回数は多くないらしく、どこかぎこちなさや初々しさがあった。それが僕にはちょうど良かった。初めての場合、女性は出血することが多いと聞いていた。もし彼女が初めてで出血をしたとしたら、僕は途中で萎えていたかもしれない。血は苦手だった。だから出血がなくて、でも初々しさはあるという今の彼女の状態こそが、僕には最適に思えたのだった。

5

それから毎週木曜日の夜が、僕たちのデートの日となった。水曜日の実験で顔を合わせるときには、今までどおり距離のある関係を演じながら、その翌日には夕食を共にし、ベッドで愛し合う。

ホテルは初回こそ贅沢をしたものの、二回目からはそれ専用のホテルで、休憩で済ますようになった。お互い相手が同じベッドにいると気になって睡眠が取れない体質だとわかったので、翌日のことも考えて、寝るのはそれぞれの自宅に帰ってからにしようという話になったのだ。

そして二回目のとき、いきなり挿入するのではなく、お互いに口や手で相手を喜ばせてからにしようと、米原さんから提案をされた。彼女の整った顔が僕のものを咥えると背徳感が増し、先端への直接的な刺激よりも、視覚的な刺激のほうがより強く僕をそそり立たせた。僕も自分の舌でお返しをした。彼女は敏感だった。薬が効いているというのでゴムはいつも着けなかった。

新しい世界が開けた思いだった。高校の時は同級生の誰と誰がくっついたとか別れたとか、何をそんなに気にしているのかと思っていたが、くっついた男女の間でこんなことがなされていたのならば、それは気になるだろうなと、今さらながらにして思った。

米原さんとの行為を繰り返している間に時間は確実に進行し、梅雨が明け、七月十三日の第十三回をもって「基礎実験1」はいったん終了となった。この後は夏休み明けの九月七日と十四日の二回を加えて前期日程終了となり、短い秋休みを挟んで十月から後期日程というスケジュールが予定されていた。

実習ではしばらく会えないということで、その日の食事会はちょっと洒落たレストランで行われることになった。会費は羽群くんが出すという。奢（おご）られることを是としない元木くんが不平顔を見せたが、

「家賃収入、家賃収入」と日野くんが取りなして、たまには金持ちに奢られようという話で落ち着いた。

お店でドリンクを選ぶとき、僕はスパークリングワインを頼んだ。

「お酒飲めるようになったの？」

日野くんが聞いてきたので、

「ワイン一杯くらいなら飲めるとわかってきたんで。料理の味もそれで変わるし」

「ミノくんが大人になっちゃった」

日野くんが茶化して笑いが起きた。他のみんなもビールやワインを選んだが、元木くんだけは頑なにノンアルコールを注文していた。

乾杯の音頭は羽群くんが取った。ワインのグラスを手にして、一度咳払いをしてから、

「それじゃあ、しばしのお別れは残念ですが、今まで三ヵ月ちょいの間——おっと、ちょうど三ヵ月なのかな？」

「そう。最初の実験が四月十三日だったから」と数字に強い米原さんが言う。

「三ヵ月間、お互いに実験では協力し合い、レポートでも助け合って、今まで一度も欠けることなく五人でやってこれたのも……えーっと、何だろう？　この第二十七班全員の、雰囲気というか、そういったものに助けられてきました。それを記念して、乾杯！」

「かんぱーい」

あまりそうやって騒ぐような格式の店ではなかったようで、ウェイターが一人、ジロリと僕たちのほうを見た。

食事が来るまでの間、夏休みをどうやって過ごす予定かという話題になった。

「ボクはまた別荘に行って何日か過ごす予定ですけど」と羽群くんが言うと、

「あのあと行った？」と、日野くんがやはり会話をリードする。

「車を置いてあるんで、月に一度は動かしたいから、毎月一回は行ってるかな。土日で一泊だったり、ひどいときは日帰りだったりするけど。だからこの夏はたっぷり時間を過ごすつもりでいます。いちおう夏用の別荘なんで」

「冬用もあるの？」

「冬用はいちばん上の兄貴が新潟に持ってるけど、ボクは他には無いです。あの別荘と板橋のアパートだけ」

「アパート、いちおう二十三区内なんだ」

「そう。いちおうが付くのが難点ですけどね。……それはどうでもいいけど、別荘、またみんなで来ませんか？」

するとと米原さんが困り顔で「私は難しいかも――」と言い出したのだった。

「実家のほうでちょっと、揉め事とかがあって、それが何かちょっとよくわからないんだけど、私にも仕送りとかで影響が出かねないから、一度帰ってきなさいって親から言われてて――いちおう必須科目の授業は全部受けたあとにってことにはしたけど、すぐに帰らなきゃいけなくって」

「え？　来週の集中講義の単位は？」と日野くんが驚き顔で尋ねると、

「今年は無理みたい。それで今週末に石川に帰って――その後いつこっちに戻って来れるか、今のところぜんぜん予定が立てられなくて……」

「そっか。じゃあ米原さんは、とりあえず無理ってことか」

それでも羽群くんは、日野くんあたりには来てもらいたい素振りを見せていたが、日野くんも元木くんも、米原さんが参加しないのなら別荘には行かないと、顔に書いてあった。

僕の顔には相変わらず何も書かれていなかっただろうが——米原さんが今週末に実家に帰ってしばらく（どのくらいの期間になるのだろう？）滞在するという話は初耳だったので、内心ではけっこう驚いていた。

それでも翌日の夜のデートは、とりあえず無事に実施された。今まで渋谷、新宿、池袋と場所を移してきて、今回は初めて山手線を外れて中野駅で待ち合わせをした。僕も少しずつ東京に詳しくなっていた。

レストランに腰を落ち着けると、さっそく尋ねてみた。

「昨日のあの話——」

「あれね、最近急に決まった話なんだけど、本当なの。だから今日は、この後しばらく会えないんだって思って、私のことを思いっ切り愛して」

「わかった」

毎週当たり前のように彼女の身体を抱くことが出来ていたのが、実はどれだけありがたいことだったかが、急に理解された。最後になるかもしれない貴重な一回を、今日は大切にしよう。

僕のほうはそう思っていたのだが、ホテルで横になった彼女の態度からは、どこか準備不足な感じが窺えた。今日は念のためにゴムをつけてと言われたので、薬も用意してなかったのかもしれない。僕は渡されたゴムを自分で被せたが、初めてだったのでかなり苦労をした。

この三ヵ月間、憧れの東京生活を満喫してきた彼女にとって、今週末からしばらくの間、実家に帰らなければならないというのは、それほど残念な出来事だったのだと思い知らされた。

もし僕が羽群くんだったとしたら――毎月家賃収入が何十万円も入って来る立場だったとしたら。彼女の学費や生活費ぐらいは面倒を見るし、何なら自分の持つアパートに住まわせてもいい。米原さんのためにそういったことが出来る立場だったら――彼女を実家に帰さないようにするため、僕は何でもしただろう。

自分が家主をしているアパートに彼女が住んでいて、僕は好きなときに彼女の部屋に行って好きなことができる。もしそんな立場に立つことができていれば……。

お金が欲しい。

その日そのホテルで、僕は心からそう思ったのだった。

6

直接会えなくなっても、電話連絡はいつでも取れると思っていた。しかし八月に入ってすぐ、僕がふと不安になって彼女の携帯電話に掛けてみたところ、人工的な音声で

「お掛けになった番号は、現在使われていません」と言われてしまった。思い返してみても、僕から掛けたのはその時が初めてだった。なので登録していた番号が違っていたのかとも思ったが、今まで彼女から掛かってきたときには彼女の名前が表示されていたので、少なくとも登録ミスではないはずだった。電源が入ってないのかなとも思ったが、その場合には違うメッセージが流されるはずである。

解約した？　どうして？

電話が通じないとなると、彼女がいまどんな状況でいるのか、確認する手段は他になかった。実家は石川県にあるという話しか聞いてなかったし、東京の住所も僕は知らされていなかった。こうなってしまっては手も足も出ない。

僕は恋人のいない普通の大学生に戻った。実家に一度帰省した後は、何かあったときのためにお金を稼いでおこうとバイトに精を出して、僕の八月は終わった。

大学の夏休みは九月六日までで、久しぶりに講義が再開するのが七日の水曜日だった。三時限目までの校内では彼女を見掛けず、一縷（いちる）の望みをかけて第十実験室に足を運んだが、その日集まったのは男子四人だけで、午後三時半を迎えても米原さんは現れなかった。

校内にチャイムが鳴り響いた直後、羽群くんが話し始めた。

「今日はこの四人です。米原さんは来ません」

「連絡あったの？　休むって」と日野くん。

「休むっていうか……彼女、大学に休学届を出しました。で、おそらくそのまま辞めると思います」

「えっ」と三つの声が重なった。僕も気付いたら声が出ていたのだ。そのくらい羽群くんの発表は衝撃的だった。

それにしても、なぜそのことを羽群くんだけが知っているのかと思っていると、

「みんなには申し訳ないと思ってる。特に日野くんと元木くんは、ショックを受けるかもしれないけど――実はボクたち、結婚したんだ」

「は？」とまた三つの声が重なった。「……けっこん？」と日野くんが続ける。それだけ予想外の言葉だった。

羽群くんは申し訳なさそうな表情を目元に見せながら、説明を続けた。

「夏休みに入る前、最後の食事会のときに、彼女、実家に帰らなきゃならないって言ってたでしょ。あれ、妊娠が発覚したってことだったんだ。ボクも最初知らされたときはビックリして、でも彼女が産みたいって言ったんで、だったらケジメをつけないとって話になって、ボクも彼女の実家に行ったり、両家でいろいろ話し合ったりしたんだけど――それでこの夏休みはほとんど潰れちゃったみたいな感じで、まだ結婚式とかいろいろ残ってるんだけど、とりあえず籍は入れておこうって話になって、ついに先週、二人

で区役所に行って正式に夫婦になりました」

「すごい。おめでとう」と僕はすかさず言った。ここは利害関係がないと思われている僕が、率先してお祝いムードにしなければならないと思ったのだった。

「ありがとう箕浦くん」

「おめでとう。いや、ちょっとビックリしちゃって」

と元木くんも続く。最後に日野くんが、

「おめでとう。そうか、羽群くんを選んだか。まあ僕だって女の子だったら、迷わず羽群くんを選ぶから、まあしょうがないか」

と言ったのは、日野くんらしくない失言だった。まるで米原さんが財産目当てだった、みたいな意味に取れてしまうではないか。

「妊娠は確実なんだ？」とさらに日野くんが深追いする。それはまさに僕が聞きたいことでもあった。

僕とのときには避妊薬を飲んでいたのに……いやたしか、前に彼女が説明した話だと、飲む避妊薬は行為の直前に飲めばいいというものではなく、今月は妊娠しないようにしようと決めた月はほぼ毎日、飲み続けることで効果が出るという話ではなかったか。なのになぜ妊娠をしたのだろう。よもやその妊娠話が、羽群くんと結婚するための嘘だったのではないかと疑ったのだが、

「うん。ボクも一緒に産婦人科で説明を受けたし、何ならもっと本格的な出生前診断というのも受けたぐらいだからね。……いろいろあったんだ。いろんな人がいろんなことを言って、中にはボクたちのことを親身になって考えてくれてた人もいたんだけど、とりあえず共通していたのが、もし彼女が流産したらどうなるんだっていう点で」

そこで羽群くんはひとつ大きく深呼吸したあと、

「子供が生まれるから結婚を急いでいるけど、結果的に生まれなかったとしたらどうなのか。亜紀ちゃんが大学を辞めたのも判断が早すぎてもったいなかったし、ボクらが入籍したのも判断が早すぎたってことになるんじゃないかって。子供さえいなければ、二人ともまだ独身のまま、学生として充実した生活を送りつつ、将来を約束した恋人同士として普通に生活できただろうにって。それはもちろんそのとおりなんだけど、でも流産するかもしれないって可能性を前提に、入籍を遅らせるっていうのも失礼だろうって思ってさ。まあ退学ではなく休学で止めておいたほうが、流産したときのことを考えると、そのほうがいいかなっていうのは納得したんで、そうすることにしたんだけど。そんな中でひとつの妥協点として、出生前診断というのだけは受けなさいってウチの父親が口を酸っぱくして言ってて。何でも妊婦の血液から胎児のＤＮＡが採取できて、そこから重篤（じゅうとく）な遺伝病とか――死産になる場合とか、それに準拠するような場合のいくつかは、妊娠初期にそういった診断で前もってわかる場合があるので、もしそこで引っ掛かった場合には、妊娠三ヵ月以内だったら堕胎も可能だし、そういう場合には堕ろすべきだろうって。それだけは譲れないって言われて、たしかに死産が確定してるんだったら思い切って堕ろして、もちろん結婚の約束はいずれ果たすとしても、二人ともしばらくの間は独身として過ごすほうが良さそうだなって思って。そのときは彼女も大学を休む必要がなくなるしね。それで検査を受けたところ、特に問題はないってことになって、じゃあせっかく授かった命なんだから、彼女の意思もそうだし、ボクだって自分の血を引いた命がそこにいるんだったら、無事に出てきて欲しいって思ったし」

「夏休みの直前に判明したってことは、二人が付き合い始めたのは？」

「うん。そうだね。そのだいぶ前からだったし、みんなに隠してたことは謝ります。ごめんなさい」

そんなふうに付き合い始めた時期については明言を避け、日野くんもそれ以上の深追いはしなかった。僕はある仮説を立てていた。羽群くんが明言を避けているのは、そこに言いたくない理由があるからだ。そこから考えると、米原さんが羽群くんと寝たのは、五月五日のすぐ後くらいだったのではないか。羽群くんが桁外れのお金持ちだと知った直後に二人がそういう関係になったのだとしたら、羽群くん自身はそう思ってなかったとしても、客観的に見れば米原さんの行為はお金目当てにしか見えないし、そう考えられるのが嫌だから彼は明言を避けているのではないか。

もしそうだとしたら——そう、初めて関係を持った五月十九日の段階で、僕は彼女が処女ではないにしても、まだそれほど経験を積んでいない身体だと直感していた。たとえば彼女があの旅行の後、五月五日だったり六日だったり、とにかくあの直後に単身でまた伊豆高原に戻って羽群くんの別荘を訪れて、そしてそういう関係になっていたとしたら、時期的には僕の直感とピッタリ合うのだ。

では金持ちの男とそういう関係になった直後に、また別の男と——僕のことだ——そういう関係になるように望んだ意味とは？

まさか妊娠を早くしたかったから——羽群くんとの関係がずっと良好で、最終的に結婚に至ると確信できていれば不必要な手だが、いくら彼女が美人でも、いつまでも関係が続くと断言はできない。ではこのチャンスタイムを逃さずに確実に結婚するためには——妊娠してしまえばいい。羽群くんは生き物全般が好きだと言っていたから、恋人が自分の子供を妊娠したと言ったとき、堕ろそうとは言わない——言えない可能性が高い。そうなれば授かり婚という形で入籍する運びになるだろう。だけど彼とのデートは週一回で、避妊をしているふりをして実際にはせずに毎回受け入れていたとしても、それだけではまだ確率が低い。そこでもう一人、種馬として選んだ別の男と、やはり避妊をせずに週一でセックスをしていけば、妊娠する確率は倍になる。

そうして彼女は目的を果たしたのではないか。

僕にはそれ以外、彼女のしていた二股の説明がつくとは思えなかった。

だとしたら——彼女がいま妊娠している子は、誰の子か？

二分の一の確率で、その子は僕の子供なのではないか。その場合、いつかはバレるのではないか。

分かりやすいのが血液型だ。僕はB型で彼女はO型、羽群くんはたしかA型だった。もし僕の子供だった場合、組合せ的にあり得ない血液型の子供が生まれてしまう可能性がある。彼女はA型の男を種馬にすべきだったのに。どうして僕の血液型を知っていながら、僕を種馬に選んだのか。

いちおう僕のことが好きだったからと、そんなふうに思っていてもいいのだろうか。

他に筋の通った説明があれば取り下げてもいいが、そうでなければ——あの五月十九日の思い出——スパークリングワインを初めて飲んだ夜——実はお互い似た者同士だと判明したあのとき——あれはただ単に話を合わせたというだけでは説明がつかない。あれは本物だった。緊張しない。高い所が怖くない。そう。僕たちは同じタイプの人間だと分かり合えた。だから彼女は僕を選んだのだ。そうとしか思えない……。

その日の実験は男四人で淡々とこなすことになった。四時限目が終了したあとは、羽群くんはいつものように学食での会食を望んだが、

「いや、今日はちょっと、一人でいろいろ考えたい気分だわ。だから僕はパス」

日野くんがそう言って、十四回目にして初めて、実験後の会食はお流れになった。

7

九月十四日水曜日。前期最後の「基礎実験1」の実習が終わり、翌週から大学は二週間の秋休みに入ることになっていた。前週と同じく男四人で淡々と実験を終えたあと、羽群くんが僕たちを別荘に誘った。

「亜紀ちゃんがね、みんなとまた会いたいって言ってるのよ。夏休みが終わったらいきなり結婚してて、みんなの目の前から消えてて、みたいな感じで申し訳ないって言って。ちゃんとお別れの挨拶とかしたいし、結婚式を挙げるときには三人を招待したいから、その前にちゃんと説明もしておきたい、みたいな感じでね。それで来週の二十一日とかはどう？　何か予定ある？」

「そうだね。また会えるなら会いたいね。僕は大丈夫です」

「オレも大丈夫。行きます」

日野くんと元木くんにとって、彼女との再会は、そのままの意味でしかないのだろう。僕にとってそれは違う意味を持っていた。米原さんと――いや、もう戸籍上の苗字は変わってしまっているのか。彼女とまた会える。彼女には夫がいて、他の二人も来れば邪魔になるだろうが、別荘で二人きりになって話のできる機会があれば、聞いてみたいことは山ほどあった。もしもこの誘いを断ってしまえば、彼女との連絡手段は絶たれた状態が続くのみである。ここは可能性に賭けるしかない。

僕はいつものようにただ黙って頷いた。

「じゃあ前回みたいに好きな時間に来てもらおうか。みんなで示し合わせて一緒に来てもらってもいいし、バラバラに来てもいい。午前中でも午後でもいいけど夕食には間に合うように。それでいい？」

ということで、僕たち五人は再びあの別荘に集まることが決まった。

二十一日は、僕は一番に別荘に着くことを目指した。そうすれば二人目が駅に着いたとき、羽群くんが車で迎えに行った際には、彼女と二人きりの時間が作れるだろう。

そう思って朝八時前に出るこだま号に乗り、熱海駅で降りてみたところ、同じホームに日野くんがいるのを見つけてしまった。彼も同じ新幹線に乗っていたようで、僕を見つけて「あっ」と一瞬困ったような表情を見せたが、その表情をすぐに隠すと、僕のほうに寄って来て、

「ミノくんも乗ってたんだ。じゃあ一緒に行こうか。……あ、それ何？　ワイン？　あっそうか。手土産？」

日野くんが言うように、僕が手に提げていたポリ袋の中には、昨日近所の酒屋で購入

したボトルが、箱に入った状態で収められていた。前回は何も持たずに行ったので、今回は手土産をと考えて、彼女へのメッセージとしてスパークリングワインを選んだのだった。

「そっか。僕は前回いちおうお酒を持って行ったんだけど、羽群くんが大金持ちって知っちゃったんで、今回は何を買ってってもそれを上回るものが用意されてそうで、それで何となく、まあいいかって思って買わずに来ちゃったんだよね。でもゲストで誰か一人、そういうのを用意していってくれたら、それで形として成り立つから、ミノくんには感謝しかないよ。それにしても、ミノくんがね……。ちょっと意外だったかも」

伊東線の車中では、前期の単位をどれだけ取ったかという話題になった。日野くんと二人きりで話すのはこれが初めてだったが、会話をリードするのがやはり上手く、そして彼は意識的に米原さんの話題には触れないようにしていた。そこまで気を遣わなくても、僕もわざわざ彼との間でその話題を出すつもりはなかったのだが。

伊東を過ぎたあたりで日野くんが連絡を入れておいたので、伊豆高原駅で下車したときには、迎えの車はすでに来ていた。時刻はまだ十時前で、羽群くんはノーマスクだった。生あくびをしながら、

「二人そろって早いじゃん。まだおはようでいいよね」

ノアのフロント越しにチラッと車内に目をやる。あるいは彼女が同乗して来ているか

もと思ったが、どうやら別荘で待っているようであった。

「元木くんはまだみたいですね」

「うん。君たちが一番乗りだよ。一緒に来たの？」

「たまたま同じ電車になっちゃって」

「今日って涼しくない？」

二人がそんな他愛もない会話を交わしているうちに、車は順調に進み、見覚えのある別荘が左側に見えてきた。僕たちは先に車から降りて、玄関から中に入った。ガレージに車を停めて裏口から屋内に入った羽群くんが、改めて僕たちを迎え入れる。

「米原さん——じゃなかった、奥さんは？」

「いるよ。さっそくだけど呼ぼうか？」

羽群くんがリビングから見て左のドアをノックして、しばらく待っていたが、ドアは開かない。ノブを摑んで回そうとしたが回らないようで、再びドアをノックする。

「おーい、亜紀ちゃん。うーん、寝てるのかな。このドア、防音性に優れてるんだけど、ドア自体はノックの音が届かないってことはないんだけどなあ」

内側から鍵が掛かっているのだとしたら、中にいることは確実である。

「そうだ。内線で呼び出してみる。ちょっと待ってて」

そう言って、すぐ隣のドアを開け、内線電話を掛け始めた。ドアを開けたままだった

ので、僕たちもリビングからその様子を窺っていると、

「あ、亜紀ちゃん？　いま日野くんと箕浦くんが来たんだけど、出てこない？　え、うん。あー、そうか。うんわかった。それじゃあまた」

受話器を置くと、部屋の外に出てきて、

「顔が少し浮腫んでるから、今は会いたくないって。久しぶりに会うんだから、ひと眠りして浮腫みが取れた上で、バッチリお化粧をして、綺麗な顔になったところを見てもらいたいって。実際、以前よりは少しふっくらとした感じにはなってるんだよね。たぶん妊娠の影響だと思うけど。見て変に驚いたりしないでほしいんだけど」

僕はその話をなかば上の空で聞いていた。いま羽群くんが二番の内線電話を掛けたとき、隣の部屋からは、呼び出し音が一切リビングに洩れ聞こえては来なかった。そういえばゴールデンウィークに泊まったときも、僕より先に元木くんの部屋に内線電話を掛けたと言っていたが、隣の部屋にいた僕にはその呼び出し音は一切聞こえなかった。おそらく潮騒で眠れなくなるのを防ぐためなのだろうが、各ゲストルームの防音性能は思った以上に優れたものがあるらしい。

つまり内線電話で話をしようと思えば、二人きりで話せるのだ。そして携帯電話などとは違い、おそらく内線電話は個別の通話記録が残らない。何時何分から何分間、何番と何番が通話したという記録が一切残らないのだ。

個室に入ったら二番に内線電話を入れよう。

「あ、そうだ、これ」と僕は手土産を羽群くんに渡した。

「おっと。ワインか。しかもスパークリング。これは冷やしておこう」

羽群くんはどこからかブリキのバケツを探し出してきて、そこにアイスキューブを大量に流し込んだ。紙箱から出したワインのボトルをその中に斜めに浸け込む。

「マスクはもう外してよ。部屋は——二人に選んでもらおうかな」

「好きなほうでいい？　じゃあ早い者勝ちで」

日野くんがそう言うと、ダッシュで階段へと向かった。僕は苦笑いをしながら後に続く。日野くんが選んだのはお風呂の隣、ゴールデンウィークに僕が泊まった部屋だった。あのときも元々は日野くんが先に取った部屋を譲ってもらったのだから、今回は彼が優先的に使うのは当然だった。僕はそのさらに隣、いちばん奥の部屋に入って、荷物を片方のベッドの上に置いた。

受話器を取り上げ、小さいボタンの「2」を押した。しかしツーツーツーという機械音が流れるばかり。これは呼び出し音ではなく通話中の音だろう。また旦那さんと打合せをしているのか。

時間を置いて掛け直すことに決め、僕はベッドの上で大の字になった。

そのままうたた寝をしてしまったらしい。

電話の呼び出し音に起こされた。慌てて受話器を取り上げ、

「もしもし」

「あ、ミノくん？」

米原さん――羽群くんの奥さんだった。向こうから掛けてきてくれたのだ。

「久しぶり。さっきは部屋から出なくてごめんね。何かこう、いきなり顔を合わせるのが怖くなっちゃって。私のこと、恨んでたりする？」

「恨んで――る――というのとはちょっと違うんだけど、聞きたいことはたくさんあって」

「だと思った。何でも答えるよ」

「妊娠は、本当？」

「うん、本当」

「それって――本当に、羽群くんの子？　それとも――」

「そこなんだよねー。ミノくん、いきなり核心を衝いてきたね。そういうとこ、好きだよ」

彼女の「好き」は今や信じられない。そう思って黙っていると、

「いちおう出生前診断というのを受けさせられたんだけど、調べてみたら、障害の有無だけじゃなくて、胎児の段階で親子鑑定も出来るってことがわかったんで、こっそり髪

の毛を抜いて、それを使って仁馬くんと私の子の親子鑑定も依頼してみたの」

一瞬「ジンマ」って誰のことかと思ってしまったが、動物好きの羽群くんの下の名前だったことを思い出す。

「もちろん羽群家側が用意した産婦人科医とは別のお医者さんを自分で探してこっそり依頼したんだけどね。それで結果を見て、これはミノくんに伝えないとって思って、それで今日の集まりを企画してもらったの。ほら、ミノくんとの連絡に使っていたケータイは、真っ先に始末したから、連絡の取りようがなくて。ずっと放っておいてごめんね」

「妊娠は、羽群くんと結婚するためにわざと？」

「またドストレートな質問を。すごいねミノくん。……お察しのとおりだよ」

「僕は何だったの？　ただの種馬？」

彼女は電話の向こうでクスッと笑った。

「直球すぎるし。でも好きだよ。そういうとこ。それは違う。ミノくんは私にとって特別な人。最終的にミノくんと一緒になれればいいなって今でも思ってる。それこそ親子三人の正しい組合せで暮らせればベストだと思うし。でもミノくんが持ってないものを持っていたのが羽群くんで、それは私にとって見逃すには勿体なさすぎるものだった」

「共感できるかどうかは別にして、意味はわかります」

「またですます調になってるし。……うん。それでね、今後の状況によっては、せっかけれど、結婚したのに何も得られないまま離縁される可能性もあるっていうのが今の問題なわけ。それってわたし的には、あってはならない事なの。だって本当はミノくんと一緒になりたかったのに、それを我慢して羽群くんを選んだのは、それが欲しかったからなのに、それが貰えなかったら本当に意味ないよね。生まれてくる子供にそのバトンを渡してあげたいからこそ、本命じゃない羽群くんと結婚したのに」

そこでひと呼吸置くと、ここからが本題といった感じで、

「彼がいま、万が一――あくまでも万が一の話だからね。万が一、不慮の事故とかで亡くなってしまったら、とても悲しいことなんだけど、一方でわたし的にはいろんな問題が一挙に解決するから、だから自分がとっても罪深いってことは承知の上で、ここんとこ毎日、そんなことを秘かに願ってたりするの。すごいひどいよね、私って」

「いろんな問題っていうのは、それはたとえば、生まれてきた子供の血液型がB型だった場合とか？」

「赤ちゃんの血液型は、生まれてからでないとわからないみたいだけど、そうなったらもう逃げ道はないからね。なんでミノくんはB型なの」

「A型の種馬を選べばよかったのに、B型の僕を選んだってことは？」

「だから言ってるでしょ。ミノくんは特別な人だって。……そろそろ切るね。じゃあまたあとで」

通話が終了し、僕は受話器を置いた。

彼女の立場に立ってみると、B型の僕を種馬に選ぶメリットはどこにも無かった。だからそこにあったのは、種馬としての必要性ではなく、僕個人に対する愛情だったはず。

いくら彼女を信じられなくなっていても、その論理だけは信じられた。

だとしたら僕がやるべきことは、たったひとつ。

生まれてくる我が子——いまだに信じられないが——自分の子の幸せのために、いま何をすべきか。

どうやったら捕まらないで犯行を済ませられるか。

8

とりあえず部屋に籠っていてもしょうがない。二階のリビングに戻って、サンルームのソファに腰を落ち着けた。空は薄曇りだったが、雄大に広がる太平洋が沖のほうまで見渡せるこのオーシャンビューは、どこから何度見ても見飽きることはなさそうだった。

今日は日没前に一度風呂に入りたいなと思った。

風呂か。あの岩風呂は、ちょっとした事故が起きてもおかしくない危うさを内包しているかも。

すぐ近くでドアが開く音がし、リビングに出てきた羽群くんが僕を見つけて、

「あ、ごめんごめん。ゲストを放置してました。部屋にいると外の様子がわからなくて。飲み物とかは冷蔵庫の中だったら好きなやつ飲んでいいから」

「お風呂っていつでも入れるの？」

「うん。ボクがこっちに来ている間は、お湯はかけ流し状態にしていて、いつでも適温で湯船から溢れてるから。そうか、前回はみんな夜に入ったんだよね。絶対に昼のほうがいいよ。何ならいま入る？」

「うん。そうしようかな」

どういった犯行が可能か——そういう目で一度見ておく必要がありそうだった。

一階に戻り、着替えを持って風呂に入ろうとしたところ、ドアに鍵が掛かっていた。先に誰かが入っているらしい。誰かが——日野くんかな？　あるいはまさか、米原さん？

いったん奥の部屋に戻り、ドアを開けたまま様子を窺っていると、三分ほどしてお風呂のドアが開く音がした。僕が着替えを持って廊下に出ると、お風呂から出てきたのは日野くんだった。彼は僕が自室のドアを開けておいたことに気づいて、

「あ、ごめん。風呂が空くのを待ってたんだよね？　前回は夜だったから、昼間の風呂からの景色がどんなものか見たくなって、入浴はしないのに鍵掛けちゃってた。どうぞ

どうぞ」

「上で羽群くんが暇そうだったから、もてなされに行ってあげたら？」

「そうする。じゃあ」と言ってそのまま階段を上がって行った。

僕は脱衣所に入って中から鍵を掛けた。鍵の掛かった状態で中で人が倒れていた場合、外からはどうするか。脱衣所の壁には電話機があった。お風呂にも内線電話があるのは、ドアの防音性も考慮されているのだろう。まずはこの内線に電話が掛かってくるのか。それでも出なかったら……。

服を脱ぎ、タオルを持って浴室に入る。窓からのオーシャンビューが目を惹いた。この絶景を見ながらお湯に浸かるのはたしかに贅沢だろう。でも今はそれより先に考えなければならないことがある。

足を滑らせてこの岩に頭をぶつけて、浴槽に頭から落ちて溺死する。あり得なくはない事故だろう。内側からドアに鍵が掛かっていれば、警察も事故と判断してくれるのではないか。その場合、犯人はどこから脱出しよう。

僕は開閉可能な左側の窓を開けた。外の気温はやや肌寒かったが、構わず全裸のままベランダに出た。左の障壁が邪魔だったが、隣の日野くんのいる部屋から飛び移るのではない。この風呂場から日野くんの部屋のベランダにだったら、危険ではあるが、手すりに立って障壁に抱き着いた格好から片足で踏み切れば、距離は一メートル半——もうちょっと、一メートル六十センチほどあるだろうか？　手すりの囲いの中に着地することは何とかできそうであった。気をつけながら実際に手すりの上に立ち、障壁に抱き着くように姿勢を整える。顔を出すと日野くんの部屋の中が覗けた。カーテンが全開で、幸いなことに日野くんは先ほど二階に上がったので不在だった。もし在室だったら言い訳に苦労していたところだった。日野くんの部屋のベランダに飛び移ったあとは、同じことをもう一度繰り返せば自分の部屋に戻れる。あとは密室状態の浴室の中で事故死したとしか思えない死体が見つかるのを待つばかり。

だいたいそんな感じだろうか。

身体が冷えたので浴室に戻って窓を閉じ、改めて浴槽に浸かった。いい温度だ。張り詰めた神経を揉み解してくれているようだった。

密室の作り方は何とかなりそうだったが、まだ殺害方法が決まっていない。他の三人には内緒で、羽群くんに一緒にお風呂に入ろうと提案するのは明らかに変だし、そこを何とかして二人でお風呂に入ることに成功したとしても、浴室には裸で入るのだから、鈍器を持ち込むことができない。不意をついて突き倒すか、力任せに頭を掴んで岩に打ち付けるかしかなさそうだが——どちらも確実性に欠ける。羽群くんが浴槽の中の、あのお尻がピッタリ嵌まる部分に腰かけている状態で、鈍器を持ち込むことができさえすれば。こっそり背後から忍び寄って後頭部を殴打するのも不可能ではなさそうだし、そうなればあとは俯せに沈めて上から体重をかければ、そんなに苦労せず抵抗も受けずに彼を溺死させられるだろう。

どうやって一緒にお風呂に入るか。どうやって鈍器を持ち込むか。特に前者は僕にとっては難題だった。

お風呂に浸かっているときに良いアイデアが出るという人も多いようだが、僕にはその法則は当てはまらなかった。諦めてお風呂を出て、脱いだ服を自室に置いてから、二階のリビングに戻った。羽群くんが日野くんの相手をしているかと思ったが、待っていたのは日野くん一人だった。

「羽群くんは元木くんを迎えに出てったよ。奥さんはまだお籠り中。お風呂どうだった？　気持ちよかった？」

「よかった」

「お風呂上りに何か飲む？　ビールとか飲んでみる？」

「ビールは……飲んでみようかな」

家で試したことがあったが、苦いのが少し苦手でひと缶飲み干すのに苦労した記憶がある。ただし缶チューハイなど、度数の低いアルコールを飲んだときに、普段は思わないようなことをふと思ったりしたことがあるので、発想の転換に役立つのではないかと思ったのだ。飲みすぎると今度は行動に支障が出るおそれがあったが、缶ビール程度な

らたぶん大丈夫だろう。念のため「ひと缶は多いかも」と言ってみたところ、

「じゃあ僕も手伝います」

日野くんが言ってくれたので、三五〇の缶を開けて、中身を二つのグラスに分けて注いだ。特に乾杯もせず、それぞれ勝手に口を付ける。

「お風呂上りには最高でしょ。どう？」

「うん。いいかも」

お湯でぬくぬくと温まった身体の中を、アルコールを含んだ冷たい炭酸が流れ落ちて行く。独特の苦みが案外喉に心地よかった。

しかし羽群くんと一緒に凶器を持ってお風呂に入るための良いアイデアは思い浮かばなかった。それどころか、もうひとつの問題点にも思い当たった。

このあと元木くんが来る。二階の二部屋は羽群夫妻がそれぞれ使っているので、一階のゲストルームのどちらかを二人部屋にすることになるだろう。もし僕の部屋に元木くんも来ることになったら、単独行動が難しくなるし、日野くんの部屋が二人部屋になった場合でも、脱出時の中継地点が無人である確率がそのぶん下がってしまう。いずれにせよお風呂場を密室にするトリックが、より使いづらくなってしまうのだ。

どうせ羽群くんと一緒に入浴する方法（しかもそれを他の三人には内緒で）は思い付きそうにない。だったらお風呂場での犯行という計画自体をいったん保留にしたほうが

いいのではないか。別の形での犯行を考えるとしたなら、むしろ僕が前回の日野くんのように、今回は元木くんに部屋を譲って、自分は羽群くんの部屋を一緒に使うということにしたほうが、別の形での犯行のチャンスが増えるかもしれない。

「元木くんも来るとしたら、ゲストルームが足りない問題が起きちゃうか。前回は後から来た僕が譲ってもらったから、今回は僕が元木くんに今いる部屋を譲って、僕は羽群くんと同室になろうかな」

「そもそもホストが夫婦でひと部屋ずつ使ってるのが——まあでも、それは別にいいか。せっかくミノくんが気を遣ってくれたんだし」

羽群くんと奥さんが同室になるのがいちばん自然なのだろうが、それでは困るのだ。日野くんがその点を深追いしなかったのがありがたかった。

一階に降りて荷物をまとめ、そこでふと思いついて内線の二番を押して電話を掛けた。

「はい?」

「あ、箕浦です」

「うん。どうしたの?」

「この、内線の三番の部屋、元木くんに譲ろうかと思って、念のために伝えておこうって」

「ありがと。よく気づいてくれたね。うっかり電話してたら危なかったよ」

荷物を持って二階に戻ると、ちょうど元木くんが到着したところだった。時刻は十一時半を少し回ったところ。元木くんは律儀にマスクをしていた。裏口から戻ってきた羽群くんは、壁に掛けてあったエプロンを着け、そのままキッチンで料理を開始した。

「オレが最後か。みんな早かったんだね。ぬかった」

最後の「ぬかった」がちょっと面白くて笑ってしまった。

「箕浦くんに笑われた」と元木くんも笑顔になる。

「ここはノーマスクでいいんだって」と日野くんが言っても、元木くんはしばらくマスクを外すのを躊躇していた。最終的には郷に従えで外すことにしたようだが、マイルールを変更するのが苦手そうなその様子を見て、僕は相変わらずだなと思った。

「で、まい——奥さんは？」

「そこの部屋でお籠り中」と日野くんが左のドアを指さして、顔が浮腫んで云々という話をする。

「前回と同じ部屋が空いてますよ。ミノくんが空けてくれました」

「あっそう。じゃあ荷物置いてくる」

元木くんが階下に消え、日野くんはキッチンに向かって説明をする。

「今回はミノくんが羽群くんと同室になりたいって」

「ホントに？　ありがとう。気を遣ってくれて」

わざわざ料理の下拵え（したごしら）の手を止めて、僕たちのほうに歩いてくる。握手でもするのかと思ったら、僕の背後に回り込んで、なぜか髪の毛をくしゃくしゃにしてきた。動物を愛でるときのあの感じである。

「ちょ、ちょっと」

「じゃあミノくん、今夜はよろしく」

その愛情表現はどうかと思ったが、愛嬌のある笑顔を僕に向けてそう言ってから、彼はキッチンに戻った。性格もいいし動物好きでお金持ちで——米原さんが彼の子供を妊娠していれば、何の問題もなかったはずなのだ。変に確率を上げようとしたのが裏目に出て——だけど彼女の好みは、性格のいい彼ではなく、性格に問題があると言われることもある、この僕のほうなのだ。

彼女も同類だから。

元木くんは十分ほど経ってリビングに戻って来た。料理が出来たところで羽群くんがまた内線電話を掛けて尋ねたが、彼女はまだコンディションが整わないからと言って、部屋から出るのを拒否したようだった。昼食は男四人で食べることになった。羽群くんが聞いてくる。

「ミノくんが持ってきてくれたシャンパン、どうします？　ここで開けちゃいます？」

「五人揃ったときのほうが」と日野くん。

「亜紀ちゃんはどうせ今はアルコールを控えてるから、気を遣わなくてもいいですよ」

妊婦だから、ということなのだろう。

「ミノくんと僕は、彼がお風呂上りだというんで、二人で先にビールを飲んじゃってて。それが食前酒代わりってことで今はいいかな」

ということでスパークリングワインはディナーまで取っておくことになった。

「だったら氷水で冷やしておかなくてもいいか」

羽群くんが席を立ち、バケツからボトルを取り出して冷蔵庫に入れ直した。

昼食はパスタだった。大皿に盛られた茹でたパスタがテーブルの中央に置かれ、各自が小皿に取り分けて、そこにきのこの和風餡かけソース、鮭とほうれん草のクリームソース、エビとイカのソースの三種類のうち好きなものを掛けていただくという、なかなか凝ったスタイルで、三種類のソースが、カレーが御飯とは別に出てくるときの銀色のアレに入っているのもお洒落だった。鮭とほうれん草のソースが中でも絶妙で、パスタは時間が経っても乾いてしまわないように、オイルが（たぶんオリーブオイルが）絡められていた。

食後の後片付けのとき、羽群くんが元木くんの皿を重ねつつ、彼の服から何かをつまみ上げ、

「ゴミがついてたよ」

と言ってから、キッチンに下がって行ったのが、なぜか印象に残った。

食後のコーヒーを飲みながら、僕は改めて考えていた。そういえば羽群くんにはもう一点、料理上手という美点もあったのだ。その美点だらけの好男児を、僕はどうにかして亡き者にしようと考えている。

でも仕方ない。すべては自分の血を引いた子供のためなのだ。あの部屋にいる女性のお腹の中で、その子は今もすくすくと育っている。

早く会いたい。彼女に。

そしてちょっと怖いけど、自分の子供にも、生まれたならば会ってみたい。

それがどんな感じなのか、今はまだ想像がつかないけど。

9

午後二時過ぎ。羽群くんが本日三度目の電話を掛けた結果、夫人はついに部屋から出てくることとなった。僕にとっては――他の二人にとっても同じだろう――二ヵ月ぶりの再会である。

ドアを開けた彼女は、日野くん、元木くん、僕と順番に目を合わせて「久しぶりだね、みんな」と言った。

前もって聞いていたのでそれほどショックは受けなかったが、彼女は明らかに太っていた。

体重にすれば十キロぐらいだろうか。もともとが贅肉の少ないシュッとした顔立ちだったので、ふっくらとしたその顔の輪郭には最初、おおいに違和感を覚えた。だが目鼻立ちは、あの美人の米原さんのままである。その顔が今の輪郭にだんだん馴染んでくる。少しふっくらしていても、彼女はやはり彼女のままだった。

体型も、全体的にふっくらしているので、お腹だけが特に大きくなっているという感じではなかった。見た目だけでは妊娠しているかどうかはわからない。

いったんトイレを済ませてから戻ってくると、そこからはもう部屋に戻らず、彼女はリビングでホストの妻役をこなし始めた。といっても僕たちは腫れ物に触るようにしか会話ができない。日野くんもあえて二人の馴れ初めを質問したりはしなかった。代わりに彼女が僕たちの大学生活について質問をしてくる。

「九月の実験がね、男四人でつまんなかったですよ」と日野くんが言ったときには、遠い目をして「そっか」とだけ言った。その様子を見て、彼女の中で僕たちと過ごした大学生活が、すっかり過去のものになってしまっているのだという事実を思い知らされた。

いちばん聞きたいことを避けて会話を続けるのは、羽群夫妻にしてもゲスト三人にしても、妙に気疲れするものだったようだ。次に話が途切れたタイミングで、彼女は首を

左右に捻ると、

「久しぶりにみんなとお話しできて、楽しかったけど、ちょっと疲れちゃった。もう一回休んでくるね」

そう言ってまた部屋に籠ってしまった。リビングには再び男四人が残される。

「そうだ。午前中にミノくんがお風呂に入ってたけど、できればみんなには今回、外の景色が見える間に、自慢のオーシャンビューの岩風呂を体験してもらいたいなって思ってて」

羽群くんが気分を盛り上げようとする感じで言った。午前中は薄曇りだった空が、いつの間にか快晴になっていた。今なら窓からの景色はさらに良くなっているだろう。

「じゃあオレ、いいですか」と元木くんが手を挙げて、階下に向かった。羽群くんと日野くんは車の話をし始める。興味のない僕は、いったん部屋に下がらせてもらうことにした。リビングに面した右のドアを開けて部屋に入る。左右に二つあるベッドのうち、左のものを僕が使わせてもらうことになっていた。掛け布団の上に大の字になり、目を閉じて考える。同室だからできること。逆に同室だから避けなければならないこと。何があるだろう……。

あれこれ三十分ほど考えていると、かすかに籠ったようなノックの音がして、外からドアが開けられた。羽群くんが部屋に入って来る。

「日野くんは？」と聞くと、

「お風呂の順番が来たんで。代わりに元木くんがいるけど、リビングでお茶でもどう？」

「わかった」

羽群くんは日のあるうちはホストとして行動するだろうから、一人になる時間が少なくて、犯行のチャンスは無いかもしれない。何かするとしたら夜だろう。

リビングに戻ると、羽群くんは元木くんに手品を見せてほしいと要求した。元木くんが承知し、サンルームに移動したところで、羽群くんはまた部屋に戻って何かしていたようだが、戻ってきても何も言わずに僕の隣に座った。おそらく奥さんにも見に来るように誘ったが断られたのであろう。

元木くんがカードマジックをいくつか披露したところで、日野くんが階段を上がってきて、

「お、なになに」と言って近づいてきた。

「元木くん、実は手品が上手いんだ」

「へー」と軽く受け流すと、

「羽群くんもお風呂、入っちゃいなよ」

「いや、ボクは――うん。そうしようかな」

部屋に戻り、着替えを持って出てくる。

手品に興味津々だった羽群くんがいなくなり、関心のなさそうな日野くんに代わったため、元木くんのマジックショーは閉幕となった。カードを箱に仕舞い始める。

「オレはいったん部屋に戻ろうかな」

「じゃあ僕も」と言って、僕は腰を上げた。日野くんは飲み物が欲しいのか、キッチンに入って冷蔵庫のあたりをゴソゴソしている。

部屋に入ると、今回は中から鍵を掛けた。羽群くんが戻ってきたら、うっかりしていたと言い訳をしよう。

一人の時間をそうして確保して、僕は改めて考える。羽群くんは動物好きだと言っていた。だからたとえば、木の枝に子猫がいて自力では降りられないような状況があったときに、羽群くんが子猫を助けようとして木に登り、手を滑らせて落ちて死ぬ、というのはどうだろう。そんなにうまく事が運ぶ可能性はほとんど無いだろうが、自分の手を汚さずに彼を事故死させるという方向性は、悪くないような気がする。

あるいは料理の際に服に火が燃え移る可能性を少しでも上げるために、服に可燃性の何かをこっそり振り撒くといった方法はないだろうか。

思い立って部屋を出てみたが、リビングには誰もいなかった。こっそりキッチンに向かう。誰かが来たら飲み物を探していたと言えばいいだろう。何か料理の際に事故を起こしやすくする仕掛けや道具はないだろうか。

抽斗(ひきだし)を順番に開けていったところ、妙なものを発見した。ジップロック式のビニール袋が三枚あって、それぞれ「モ」「ミ」「ヒ」とマジックで書かれており、「モ」と「ミ」の中にはよく見ると毛のようなものが一本ずつ、収められていた。

不意に電撃が走った。僕の頭をもみくちゃにした羽群くん。元木くんの服からゴミをつまみ上げた羽群くん。二回とも、彼は直後にキッチンに戻って料理や片付けをしていたではないか。

彼は何か目的があって、三人のゲストの毛髪を集めている。いや、そもそものために今回僕たちを呼んだのかもしれない。

彼は疑ってるんだ。米原さんが妊娠しているのが自分の子供ではない可能性を。その相手が第二十七班の他の三人の誰かだということを。たしか髪の毛さえあれば、奥さんの血液との照合で、親子鑑定が可能だという話だった。

僕は「ミ」の袋の中身を何か別のものと入れ替えようと思ったが、それで自分が父親だということがバレずに済んだとしても、危機の半分はそれでは回避できないことに気づいた。羽群くんが毛髪を集めているということは、彼は自分が胎児の父親じゃないとおそらく知っている。だから彼はきっと彼女と離婚する。近いうちに。そうなったら板橋区のアパートは永遠に彼女のものにならない。

羽群くんにはその前に死んでもらわなくては困るのだ。

僕は抽斗をそっと元に戻すと、再び自分と羽群くんの部屋に入って鍵を掛けた。

彼女自身もまだ気づいてないのかもしれないが、羽群夫妻の離婚まで、もはや残された時間はほとんどないと見るべきだろう。今回の滞在中に何か良い方法が見つかればいいが、そうでなかった場合、もはや事故死に見せかけるといった悠長なことは言ってられない。偽装工作はもはや諦めるしかないか。たとえ僕が捕まったとしても、殺意が認められなければ——たとえば些細なことから殴り合いの喧嘩になり、倒れたときに打ち所が悪くて死んでしまったといった場合には、殺人罪ではなく傷害致死罪が適用されるのではないか。実刑判決を受けて服役しても——それでも出所した後に自分の妻子が、不動産を持って迎えてくれるのだったら、服役期間にもよるだろうが、けっこう割に合うのではないか。

しかも戸籍上、生まれてきた子供は羽群仁馬の実子という扱いになるはずだ。彼女が妻として仁馬くん個人の持つ資産を相続する以外に、将来仁馬くんの両親が亡くなった際にはその財産も、彼女が生んだ子供が相続権を持つのだとしたら、さらに割に合う計算になる。

今夜僕は仁馬くんと二人きりで、この部屋で数時間を過ごす予定だ。その間にすべきだろう。できれば情状酌量による減刑や執行猶予つきの判決を狙いたい。仁馬くんから相当の侮辱を受けたと証言すれば——僕はそういった嘘をどこまでも吐き通せる自信があった。いわゆる嘘発見器だって、僕の心臓の強さには誤魔化されるのではないか。

風呂場を舞台にしたヘンテコな密室トリックを考えていたときとは比べ物にならないほど、僕は真剣に考えていた。どんな嘘をつこうか――あれこれ考えているうちに、気が付けば一時間近くが経過していた。羽群くんがそろそろ戻って来ていてもいい頃合いだった。あるいはノックの音を聞き逃したのか？　僕が寝ていると思って、わざわざ内線電話で起こすのではなく、そのまま寝させておいてあげようと思ったのか？

僕はドアのロックを外してリビングに出た。ビールを飲んでいた日野くんと目が合った。

「ああ。羽群くんは？」と聞いてくる。

「いや。僕一人だけど」

「えっ？　じゃあ羽群くんはどこ？　まだお風呂？」

「いや、だって――」

僕が二度目に部屋に籠ってから一時間弱。彼がお風呂に向かってからだと、一時間以上が経っている計算になる。ゲストを放っておいて、ホストが昼間からそんな長風呂に浸かったりするだろうか。

「行ってみよう」

僕と日野くんは階段を下りて、最初のドアを開けようとした。しかし鍵が掛かっている。

「おーい、羽群くーん」

呼んでも無駄なのはわかっていたが、そう呼びながらドアを遠慮なくノックした。このノックは中にいても少しは聞こえるはずである。

「それより、脱衣所に電話があった。内線電話で呼び出してみよう」

もっとも手近なのは日野くんが使っている部屋だった。日野くんに続いて部屋に入り、彼が受話器を耳に当てて「5」を押すのを黙って見守った。一分ほど待ってみたが、日野くんは首を左右に振って受話器を下ろした。現状を確認するように改めて口にする。

「鍵が掛かっているということは、中に誰かがいるってことなのに、ノックしても電話を掛けても反応がない」

「お風呂にいるのは本当に羽群くん？　もしかして奥さんってことは？」

僕が指摘すると、初めてその可能性に気づいたという顔をして、日野くんは再び受話器を取った。今度は「2」を押して待っていると、すぐに相手が出たようだった。

「亜紀さん？　いま部屋に旦那さんはいます？　いや、お風呂が内側から鍵が掛かって、外から何をしても反応がないんですよ」

僕は元木くんの可能性も潰しておこうと思い、廊下に出て奥の部屋のドアをノックした。しばらくすると中から元木くんが顔を覗かせた。

「どうしたんですか？」

「いま日野くんと確かめたんだけど――」

手短に状況を説明すると、元木くんは少し慌てた様子で廊下に出てきた。まずは自分でお風呂のドアの施錠を確認する。

「本当だ。奥さんは自分の部屋にいるんですよね？」

「それも日野くんが内線電話で確認した。もうじき下りてくると思うよ」

そう言いながら、僕は自分が映画か小説の世界に迷い込んでしまったような、妙な感覚に囚われていた。

この展開は、僕がさっきまで考えていて没にしたシナリオそのものじゃないか。

何だこれは。

10

羽群夫人が階段を下りてきて、四人になった僕たちは、とりあえず日野くんが使っている部屋に入った。

「おそらく中で、滑って転んだとかで、倒れてるんじゃないかと思うんですけど――」

と日野くんが説明し、

「――こういう場合は救急車？　レスキュー？」

「どっちにしても一一九番でしょ」

元木くんが固定電話の受話器を取って「外線は？」と夫人に尋ねる。

「普通にプッシュすれば掛かるはずです」

元木くんが番号を押すと、すぐに相手が出たようだった。夫人から住所を聞いて復唱すると、続いて要領よく現在の状況を説明し始める。

「ドアは、えーっと、木製です。防音になってるみたいですけど。鍵穴はなくて、内側のツマミを捻って掛けるのが唯一の方法です。窓は外からはアクセスできないっぽいです。崖に張り出す感じで。ええ。ええ。待ってます」

僕はその間に、窓を開けてベランダに出て、どうにかしてお風呂場の様子を確認できないかと考えていた。午前中、お風呂場のベランダからこのベランダには飛び移れると思ったが、障壁のあるなしが大きくて、逆はさすがに難しそうだ。腕を最大限に伸ばしても、スマホで撮影するには長さがぜんぜん足りない。

「そうだ。誰か自撮り棒、持ってません？」

一メートルほどの長さの自撮り棒——セルカ棒があれば、ここからでも風呂場の中の様子が撮影できそうだった。男二人は首を振ったが、

「たしかガレージにあったような……」

夫人がそう言って部屋を出ていくとき、日野くんが、

「階段、気を付けてください」

と声を掛けた。そうだった。彼女は妊婦なのだった。

約二分後。戻ってきた彼女の手には、自撮り棒が握られていた。伸ばすと一メートル強あった。日野くんが自分のスマホを先端に取り付けて、僕と交代でベランダに出ると、手を伸ばして撮影を開始した。画面が遠くて確認しづらいので、ほぼ勘で撮影しているようだった。窓からだと脱衣所が死角になるが、いちおう浴室のほうは隅々まで撮影できたらしい。

ベランダから室内に戻ってきた日野くんを囲んで、撮影された画像をみんなでさっそく確認する。

誰もいないように見えたが、最後のほうに撮影した上方からの写真には、岩風呂の中に沈んでいる肌色の何かが写っていた。

「あっ」と元木くんが声を上げる。

ちょうどそのタイミングで、玄関の呼び鈴が激しく鳴らされた。夫人をあまり上り下りさせるのも良くない。僕が「玄関、開けてきます」と言って部屋を飛び出した。階段を上りながら考える。

……米原さんは今、きっと僕がやったと思っているだろう。でも僕はやっていない。どうなってるんだ。

入ってきた。

玄関を開けると、オレンジ色の制服を着た男性が二人、工具箱のようなものを持って入ってきた。

「こっちです。ドアはまだ開いてません」

階段を下りてドアの前に案内すると、日野くんが部屋から出てきてスマホの画面を隊員たちに見せた。例の岩風呂に沈んだ何かが写っている写真である。さらにそのスマホで動画を撮影し始める。

「ドアを壊すなら、正当性のためにも記録を残しておかないと——」

レスキュー隊の男性の一人は、蝶番(ちょうつがい)の外に出ている部分を観察して、

「これならドアを壊さずに開けられる可能性があります。……そちらの部屋のドアも同じですか？　ちょっと確認させていただいて大丈夫ですか？」

室内にあと二人（夫人と元木くんだ）いたので少し驚いた様子だったが、半開きのドアを内と外からノックしてみたり、ドア自体を開閉してみたりした上で、隊員二人は再びお風呂場のドアと向かい合った。

そのうちの一人が、二つある蝶番の下のほうの、軸というのだろうか、外に出ている部分の芯になっている金具の頭を、ペンチのような道具で摘むと、一気にそれを引き抜いた。

見ていた僕は思わず「あっ」と声を出してしまった。そんな方法があるのか。

続いて上の蝶番の芯の金具も引き抜くと、蝶番自体は二つの金具が繋がっていない状態になった。しかしドアは枠にぴったりと嵌まり込んでいる。防音性能が高いので当然だったが、それゆえにドアを外すのにそこから少し時間がかかった。ノブを掴んで引っ張るのは当然として、他には蹴ったり体当たりしたりを繰り返しているうちに、少しずつ蝶番の金具の嚙み合わせに隙間が出来てくる。それがミリ単位で広がったとき、金具の隙間に小さいバールのようなものを差し挟み、テコの原理で一気にドアの蝶番側の側面を枠から外してみせた。

廊下に出て作業を見守っていた僕たち四人の口から、同時に声が漏れた。

デッドボルトが出たままのドアが外され、反対側の壁に立て掛けるのももどかしい様子で、隊員二人は脱衣所から浴室へと早足で進んだ。後に続いた僕たちが見たときには、すでに浴槽から羽群くんが抱き上げられていた。

隊員二人が制服をびしょびしょに濡らしながら、必死で気道を確保して水を吐かせようとする。しかし羽群くんは人形のようにされるがままで、自発的な動きは見られなかった。

「病院に搬送します。ご家族の方は？」

「私が妻です」

「彼女、妊娠中です。オレ、念のために付き添いたいんですけど、大丈夫ですか？」

「二人まで大丈夫です」

一人が慣れた様子で全裸の羽群くんを背中に担ぎ、階段を上り始めた。もう一人が道具類をまとめて後に続く。さらにその後を、夫人と元木くんが上がってゆく。

脱衣所の出口に留まった僕がそっと後ろを振り返ると、お風呂場に一人残った日野くんが、窓のクレセント錠をこっそり掛けて、密室を完成させたところだった。

部屋の位置からしてそうじゃないかと思っていたが、やっぱり彼だったか。

僕はそっと廊下に出て、今の一幕は見ていなかったというアピールをしたが、あることに気づいてぞっと総毛立った。自撮り棒で撮影した写真には、窓のクレセント錠も写っていたのではないか。

呼び鈴が鳴らされ、日野くんが階段を上がって行った隙に、僕は風呂場に戻ると、クレセント錠を外れた状態に直しておいた。ここが施錠されていなくても、まさか断崖の二十メートル上空にあるベランダで、片足踏み切りの立ち幅跳びをするバカがいるとは、田舎の警察では想像もできないだろう。

遅れて階上に行くと、レスキュー隊から連絡が入っていたのだろうか、続いて到着していたのはパトカーだった。日野くんがドアを開けると、制服姿の警官が三人立っていて、いちおう靴を脱いでリビングに上がってきた。階段を下りて外されたドアを確認し、脱衣所から風呂場に入って現場の状況を確認した警官の一人は、僕たちにまず最初にかけ流しのお湯を止める方法を聞いてきた。僕たちが「知らない」と返事をした後も独自に調べたのか、お湯はいつの間にか止められていた。

　別荘に残った僕たち二人は警官たちを相手に、まずはお互いに補足し合いながら、一一九番通報に至った流れを説明した。その説明の途中で日野くんのスマホに着信があり、病院で正式に羽群くんの死亡が確認されたという報告が入った。日野くんは変に興奮していたが、友人の溺死体を発見した直後なので、特に不自然には映らないだろう。自分の工作にそれなりの自信があったのか、自撮り棒で撮影した写真や、レスキュー隊がドアを外すまでの状況を撮った動画を、スマホごと警察官に手渡していた。

　どうやら警察の初動捜査では、事故死の可能性が高いという判断が下されたようだった。それでも鑑識課員とか私服刑事とかが後から現れて、ちゃんとした現場検証が行われ始めた。病院からは夫人と元木くんの二人が別荘に戻ってきて、別荘に残った僕たちといったん合流したが、今度は四人で警察署に移動させられて、個別に事情聴取が行われた。特に夫人はその合間合間に、羽群くんの親への連絡やら何やらで大変そうだった。

「解剖とかするんですか？」

　僕は自分の事情聴取のとき、刑事に尋ねてみた。

「うん？　なぜそんなことを聞く？」

　刑事からは反感を買ったようだったが、

「それが早く決まらないと、奥さんが困りますよね？　遺体がいつ戻って来るのか。ここは別荘で、二人が住んでいるのは東京なので、お葬式は東京で行うことになると思うんですけど、そういう移動の手間とかもあって、葬儀社への手配も大変だろうし、妊婦にあまり負担を掛けるのも可哀想だなと思って、僕が聞けることがあれば聞いておこうと思ったんですけど」

するとベテランのほうの刑事が納得した様子で、

「解剖はしないよ。レスキュー隊から正式な回答があったんでね。お風呂場は中から施錠されていたから、事件性は考えなくて良い。不幸な事故だった。で、それを司法制度の上で確定させるためには、正式な書類の作成が必要で、それでいま君たちの証言を集めてるんだ。悪く思わないでくれ」

事情聴取から解放され、別荘に戻されたときには、すっかり夜になっていた。

喉が渇いたのだろう。元木くんが冷蔵庫を開け――中から取り出したのは缶ビールだった。さすがの彼も今回ばかりは、飲まなければやってられないという気分になったのだろうか。

僕も何か飲み物が欲しかったが、それを言い出す前に、スマホで誰かと通話していた米原さんが言った。

「東京から羽群の両親と兄弟がいまこっちに向かっています。あとは彼らに頼りますから、みなさんは帰ってもらえます？」

今回の件が本当に事故死であったならば、僕たちはたまたま現場にいた部外者だった。羽群くんの遺族と顔を合わせずに済むなら、そのほうがありがたかった。

元木くんは急ピッチで缶ビールを喉に流し込んだ。僕だったら悪酔いする飲み方だった。

「車で送っていけないけど、徒歩でも十五分ほどだから」

僕たち三人は別荘の玄関口で、夫人にそう言って送り出された。三人で駅に向かって歩いている途中に、良さげなレストランがあった。

「晩御飯を食べよう」と提案したのは元木くんだった。

個室が空いているのを確認して、三人で個室に入った。注文を済ませ、料理が届けられると、しばらく邪魔は入らない。

「ここで話すことは、他言無用ってことにしよう」

元木くんはそう宣言してから、日野くんのほうを向き直って言った。

「やったのは君だね、日野くん」

「こんなときに冗談は――」

「冗談で言ってるつもりはないよ。まあ、オレの話を聞けば冗談と思うかもしれないけど、本当なんだ」

そう前置きしてから、元木くんは悲しそうな顔をして言った。

「日野くんは、夫人からこう言われたんじゃないか？　お腹の子は、あなたの子だって」

日野くんの顔は驚きを通り越して、魂を抜かれたようになっていた。言ってる意味がわからないのか――いや、そうじゃない。誰も知らないはずのことを言い当てられて、驚愕の極致を味わっているのだ。

彼が内線電話でその話を聞いたとき、元木くんはまだ別荘に到着してもいなかった。なのになぜ言い当てられたのだろう？　日野くんの表情にはそう書かれていた。

「どうしてそれが分かったかって？　それは僕も別荘に到着した後、同じことを夫人から聞かされたからだよ。そう言えばわかっただろう？　君だけじゃなくて僕も、彼女と寝てたんだ」

そこで元木くんは僕のほうを見て、

「箕浦くんだけは分からなかったけど——その表情からすると、君だけは知らなかったみたいだね」

僕は無言のまま頷いた。本当は知っていたけど。

「やっぱりね。君は女性には興味が無さそうだから、夫人も君だけは誘惑が不可能だと思ってパスしたんだろう。だから箕浦くんは第三者の立場で聞いていてほしい。彼女はあんな清楚なふりをしていながら、君以外の三人を——オレと、日野くんと、羽群くんの三人で、三股を掛けていたんだ。五月の下旬頃からだろ？」

日野くんは最初、すべてを否定するように首を左右に振り続けていたが、やがて諦めた様子で、

「五月の、二十三日から……」

「オレは二十四日が初めてだった。おそらく羽群くんが最初の一人だったんだろう。でもほぼ同時期に、三人と付き合い始めた。私が好きなのはあなた一人よ、とか言いながら。そしてゴムは着けさせなかった。経口避妊薬を飲んでるから大丈夫と言ってね。オレは別に日野くんのことを言い当ててるんじゃない。オレ自身の場合を話しているだけなんだ。要するにオレたちは種馬だったんだよ。妊娠する確率を上げるための。それ自体は今日の内線電話ですでに理解させられてたと思うけど、一人より二人、じゃなくて、二人より三人、だったんだ。日野くんと同じ立場の人間はもう一人いたんだよ。ここに」

「う……あ……」

日野くんの口から言葉にならない呻き声が漏れ始めた。元木くんは構わず先を続ける。

「妊娠の確率を上げるだけなら、人数を増やさなくても回数を増やせばいい。オレは求められたら週二回でも三回でも応じられた。でも彼女はそうじゃない方法を選んだ。ちなみに日野くんは何型？　血液型は」

「O型」

「だったら大丈夫か。オレはA型で羽群くんと一緒だから、オレの子供を妊娠しても、とりあえず血液型からバレるような初歩的なミスにはならない。箕浦くんは？」

「血液型はB型です」

「それを彼女は知っていた？」

「たしか何かの折に話したことがありました」

「そうか、そっちで外されたのかもしれないね。とにかく血液型からバレないのが二人いたとしても、三股よりは二股のほうが安全だし、オレ一人で確率を上げることも可能だった。なのに彼女は三股を掛けた。その理由がオレにはわかる気がする」

「どんな理由が？」

と僕は本心から尋ねた。淫乱とでもいうのだろうか。しかし元木くんの答えは違った。

「羽群くんと無事に結婚できた後のことまで、彼女は最初から考えてたんだ。からくりがバレないうちに——あるいは夫婦生活をしていく中で、性格の不一致とか、何かあって離婚話などが出る前に、羽群くんにはとっとと亡くなってほしい。でも自分の手は汚さない。自分の代わりに羽群くんを殺してくれる実行犯を育てるために、彼女は自分こそが胎児の父親だと思い込ませる相手を、意識して作っていたんだ。ゴムを着けずに三人の男とセックスをしていたんだ。本当の父親が誰かなんて、実際に親子鑑定をしない限り彼女にもわからないだろう。そして実際に親子鑑定をする必要もない。相手は自分が二股を掛けられたと思っている。その相手に『羽群くんと親子鑑定をした。それで相談したくて会うために呼んだんだ。そう言えばわかるよね』と言えば、羽群くんと親子じゃないと鑑定された、イコール自分の子だと思い込む。彼女は決して決定的なことは言ってなかったはずだよ。少なくともオレの場合はそうだった。オレが勝手に鑑定の結果、オレの子供だと判明したんだと思い込んでいた。だから日野くんも同じで——というか少なくとも三人と関係を持っていた以上、羽群くんとの親子鑑定が本当に行われていたとしても、それだけでお腹の子の父親が日野くんだと確定しないのはわかるよね。オレも可能性として残っているんだから。ならば鑑定そのものが嘘だったとしても驚かないし、そうだった可能性が大きいとオレは睨んでいる。彼女のお腹の子供が誰の子か、彼女自身もまだ確定してないんだと思うよ。……でもオレはオレの子だと思わされたし、日野くんも自分の子だと思ったからこそ、自分の子供にアパートを相続させるかさせないか――その母親である米原さんをアパートのおまけつきで自分の手に取り戻せるチャンスを逃していいのかと、そう思わせて、今や死ぬことしか求めていない旦那を殺してもらう実行犯が、一人だけでは心許ないが、二人いたら確率が倍になると思って、彼女はオレたちから一人だけ選ぶんじゃなく、二人同時に選んで種馬にしたんだよ」

元木くんの推理は僕を除外しているが、実際には僕も含まれていた。実行犯の候補を三人にすることで、羽群くんが殺される確率も、彼女は三倍に増やすことに成功していたのだ。

日野くんが殺らなければ僕が殺っていた。そう思っていた。だが元木くんが殺っていたのかもしれなかったのだ。

「日野くんは自分しかいないと思って殺ったんだろうけど、オレから見たら、自分がやろうとしたことを誰かが先にやったという見え方になる。じゃあ動機は何なんだ、と考えた結果、自分と同じ動機だったに違いない、つまり彼女は三股を掛けていたんだと、オレの立場からだと計画の全貌が見えるんだけど、日野くんからは見えない。それを言わないでおくのが親切なのかなとも思ったけど、オレと日野くんはタイミング次第では立場が逆転していた可能性があって、とても他人事とは思えない。たまたまなんだよ。だから逆の立場も知っておいてもらいたくて。あと日野くんが何も知らなければ、ほとぼりが冷めたときに彼女と結婚しようと考えるだろうから、本当にそれでいいかを考えてもらうためにも、真実は知っておいたほうがいいと思ってね。それは箕浦くんも一緒だから——万が一にも彼女と結ばれることがないように、真実を君にも知っておいてもらいたいと思ってね。ちなみに箕浦くん、口は固いほうだと思ってるけど——今回日野くんがやったことは誰にも話さないでもらいたいんだけど、いいかな？」

「話すつもりはありません。ていうか、どうやったんです？」

彼がどうやって凶器を持ち込んだのか、元木くんがそこまでわかっているのならば教えてほしい。

「オレはさっき、オレにしては珍しく、缶ビールを飲んだ。飲まなきゃやってられない気分だったからね。でもそのときに気づいたんだ。冷蔵庫に移したはずのスパークリングワインのボトルが消えていることに」

そのヒントで僕にもおおよその見当がついた。元木くんは日野くんのほうを向き直り、

「違ってたら否定してほしい。君はボトルとグラス二つを用意すると、ドアをノックしたか、あるいは自分の部屋からお風呂場に内線電話を掛けたかして、羽群くんに中に入れてもらった。一緒にお風呂で飲もうぜと言ってボトルとグラスを見せる。それはみんなで飲む予定なのに。いやみんなって言っても奥さんも元木くんも飲まないなら、僕たち二人と贈り主のミノくんだけだろ。どうせ二人じゃ飲み切れないから後でミノくんも飲むことになるし、先に開けちゃったって言ってもミノくんなら大丈夫。するとノリの

いい羽群くんは、じゃあそうしようという話になる。僕もすぐに入るから先に入っててと言えば、男の裸をマジマジと見るのも何だからといって、向こうを向いて待っててくれるだろうし、途中で振り返られたとしても、日野くんが全裸でボトルを持って近づいてくるのがおかしくない状況が出来上がってる。あとは後ろから不意をついてゴン。ブクブクブク。グラスとボトルはいったん廊下に出しておいてから脱出する方法もあったと思うけど、それだと一、二分は廊下に放置されていて、それを誰かに見られる可能性がある。なのでキッチンに戻すのは諦めて、窓から下の海に向かって投げ捨てたんじゃないかな。そうやって余計な持ち物は始末して、自分は脱衣所で服を着直してベランダに出る。あとはコンクリートの出っ張りを越えて、手すりの上から自分の部屋の手すりの中に向かってジャンプして――オレなんかは考えただけで玉が縮み上がりそうだけど、君はそれをやり遂げた。……どう？」

「違ってたら違うって言う……かも」

日野くんは明言を避けつつも、そんなふうに犯行を認めた。

「まさかと思ったよ。そんな大胆で――しかも警察も騙されてたから、実に効果的だったよね。そんな方法があったなんて。オレなんて、何かいい物理トリックはないだろうかって、さんざん頭を悩ませてたんだから。何度も言うけど、日野くんだけじゃないんだ。オレだって良いアイデアがあれば先に実行してた可能性はあった。羽群くんのことは可哀想だとは思うけど、オレにはそれを言う資格がない。そして自分と同じ立場だった日野くんを犯罪者にさせないことを、オレは優先する」

元木くんが知らないことがひとつあった。キッチンの抽斗にあった三枚のビニール袋。おそらく日野くんもあれを何かのタイミングで見つけたのだろう。羽群くんが奥さんを疑っている証拠があああしてあったからこそ、最後の一線は易々と越えられてしまったのではないか。僕が傷害致死罪で逮捕されてもこの滞在中に確実に殺さなければならないと、決意を新たにしたのも、あれを見たからだった。

だがそれも、彼女の計算だった可能性はないだろうか。

親子鑑定ではないとしたら、羽群くんが僕たちの毛髪を集める目的が他に何かあるだろうか。

ふと思ったのが、夏休み前最後のホテルでの行為だった。あの日だけは僕にゴムを着けさせた。時期的に、おそらく簡単な検査で妊娠したことはほぼわかっていたのだろう。なのにゴムを着けさせたのは——使用済みのゴムは口を縛ってゴミ箱に捨てたはずだが——それを拾って鞄に入れて持ち帰っていたとしたら。

想像が過ぎるだろうか。

羽群くんと結婚話が進む中、彼女が羽群くんに相談するのだ。食事会が終わって家に帰ったあと、鞄の中を見たらこんなものが入ってたの。たぶん三人の中の一人が入れたんだと思う。そういう性癖の人がいるなんて。その人だけは結婚式に呼ばないで欲しいな。何だと。それは許せない。中身が入ってるからDNA鑑定とかで相手がわかるかもしれない。とりあえずこれは大切な証拠だから冷凍保存でもしておくか。そして夏休みが明けたらまたみんなを別荘に招待し、髪の毛を採取して、こんな卑劣なことをした奴を突き止めてやる。

そんなふうに誘導して、羽群くんに僕たちの髪の毛を集めさせることも、彼女には可能だったはず。そしてその動きを僕たち三人が見て、違ったふうに解釈し、それで確実に一線を越えさせるところまでが、彼女の計画だったとしたら……。

実行犯の日野くんは自分のことしか見えていない。自分がするつもりだった犯行が行われたのを見て真相に気づいた元木くんも、まだ米原さんの計画の全貌は見通せていない。僕がさらに深い真相に気づいていることは、二人とも知らないだろう。

それでも二人にとって、米原さんは恐怖の的になっている。だから二人はこの先、確実に米原さんを避けて生きていくことになるだろう。

僕は——生まれてくる子供が誰の子か、いまだに気になっていた。もし僕の想像が当たっていたとしたら、彼女はあのビニール袋も無駄にはしないだろう。日野くんの中身は無かったけど、羽群くんと僕と元木くんのサンプルがあれば、四人のうち誰が本当の父親か、彼女は鑑定することができる。そして彼女はするだろう。

その結果を僕は知りたかった。

彼女の本性など、どうでもいい。僕と同類なのだから、僕も似たようなものなのだ。自分の子供であってほしい気持ちはあったが、一人目が別に自分の子供でなくてもいいと思った。そのときは二人目以降を生んでもらえればいいのだ。その場合でも一人目は大切にする。その子は羽群家からさらなる資産を僕たちの家庭にもたらすのだから。

そういう生活もいいかもしれない。

大学を出るまであと三年半ある。その間に決めよう。

計算のできる女は、僕は嫌いじゃないし。

本書は文春文庫オリジナルです。

初　出
夫の余命　「オール讀物」二〇二〇年七月号
（文春文庫『神様の罠』所収）
同級生　ウェブサイト「SUPER DRY SUPER NOVEL」
（双葉文庫『自薦　THE どんでん返し2』所収）
カフカ的　「ランティエ」二〇一七年五月号
（ハルキ文庫『共犯関係』所収）
なんて素敵な握手会　「STORY BOX」二〇一八年三月号
（小学館文庫『超短編！　大どんでん返し』所収）
消費税狂騒曲　『平成ストライク』二〇一九年四月、南雲堂
（角川文庫『平成ストライク』所収）
九百十七円は高すぎる　『彼女。』二〇二二年三月、実業之日本社
数学科の女　書き下ろし

DTP制作　エヴリ・シンク

文春文庫

ハートフル・ラブ

定価はカバーに表示してあります

2022年12月10日　第1刷

著　者　乾(いぬい)くるみ
発行者　大沼貴之
発行所　株式会社 文藝春秋

東京都千代田区紀尾井町 3-23　〒102-8008
TEL　03・3265・1211㈹
文藝春秋ホームページ　http://www.bunshun.co.jp

落丁、乱丁本は、お手数ですが小社製作部宛お送り下さい。送料小社負担でお取替致します。

印刷製本・大日本印刷

Printed in Japan
ISBN978-4-16-791975-7

（　）内は解説者。品切の節はご容赦下さい。

池井戸　潤
民王
夢かうつつか、新手のテロか？　総理とその息子に非常事態が発生！　漢字の読めない政治家、酔っぱらい大臣、バカ学生らが入り乱れる痛快政治エンタメ決定版。（村上貴史）
い-64-6

乾（いぬい）くるみ
イニシエーション・ラブ
甘美で、ときにほろ苦い青春のひとときを瑞々しい筆致で描いた青春小説――と思いきや、最後の二行で全く違った物語に！「必ず二回読みたくなる」と絶賛の傑作ミステリ。（大矢博子）
い-66-1

乾　くるみ
リピート
今の記憶を持ったまま昔の自分に戻る「リピート」。人生のやり直しに臨んだ十人の男女が次々に不審な死を遂げて……。『イニシエーション・ラブ』の著者が放つ傑作ミステリ。（大森　望）
い-66-2

井上荒野
ママがやった
七十九歳の母が七十二歳の父を殺した。「ママはいいわよべつに、刑務所に入ったって」――男女とは、家族とは何か？　ある家族の半世紀を描いた、愛を巡る八つの物語。（池上冬樹）
い-67-5

伊坂幸太郎
死神の精度
俺が仕事をするといつも降るんだ――七日間の調査の後その人間の生死を決める死神たちは音楽を愛し大抵は死を選ぶ。クールでちょっとズレてる死神が見た六つの人生。（沼野充義）
い-70-1

伊坂幸太郎
死神の浮力
娘を殺された山野辺夫妻は、無罪判決を受けた犯人への復讐を計画していた。そこへ人間の死の可否を判定する〝死神〟の千葉がやってきて、彼らと共に犯人を追うが――。（円堂都司昭）
い-70-2

阿部和重・伊坂幸太郎
キャプテンサンダーボルト（上下）
大陰謀に巻き込まれた小学校以来の友人コンビ。不死身のテロリストと警察から逃げきり、世界を救え！　人気作家二人がタッグを組んで生まれた徹夜必至のエンタメ大作。（佐々木　敦）
い-70-51

石持浅海
殺し屋、やってます。
《650万円でその殺しを承ります》——コンサルティング会社を経営する富澤允。しかし彼には、殺し屋という裏の顔があった……。殺し屋が日常の謎を推理する異色の短編集。　（細谷正充）
い-89-2

石持浅海
殺し屋、続けてます。
ひとりにつき650万円で始末してくれるビジネスライクな殺し屋、富澤允。そんな彼に、なんと商売敵が現れて——殺し屋が日常の謎を推理する異色のシリーズ第2弾。　（吉田大助）
い-89-3

伊東 潤
悪左府の女
冷徹な頭脳ゆえ「悪左府」と呼ばれた藤原頼長が、琵琶の名手に密命を下し、天皇に仕える女官として送り込む。保元の乱へと転がり始める時代をダイナミックに描く！　（内藤麻里子）
い-100-4

伊東 潤
修羅の都
この鎌倉に「武士の世」を創る！　頼朝と政子はともに手を携え、目的のため弟義経、叔父、息子、娘を犠牲にしながらも邁進していく。その修羅の果てに二人が見たものは……。　（本郷和人）
い-100-5

伊吹有喜
ミッドナイト・バス
故郷に戻り、深夜バスの運転手として二人の子供を育ててきた利一。ある夜、乗客に十六年前に別れた妻の姿が。乗客たちの人間模様を絡めながら家族の再出発を描く感動長篇。　（吉田伸子）
い-102-1

岩井俊二
リップヴァンウィンクルの花嫁
「この世界はさ、本当は幸せだらけなんだよ」秘密を抱えながらも愛情を抱きあう女性二人の関係を描き、黒木華、Ｃｏｃｃｏ共演で映画化された、岩井美学が凝縮された渾身の一作。
い-103-1

岩井俊二
ラストレター
「君にまだずっと恋してるって言ったら信じますか？」裕里は亡き姉・未咲のふりをして初恋相手の鏡史郎と文通する——不朽の名作『ラヴレター』につらなる、映画原作小説。　（西崎 憲）
い-103-2

（　）内は解説者。品切の節はご容赦下さい。

車夫
いとうみく
家庭の事情で高校を中退し浅草で人力車夫として働く吉瀬走。大人の世界に足を踏み入れた少年と、同僚や客らとの交流を瑞々しく描く。期待の新鋭、初の文庫化作品。（あさのあつこ）
い-105-1

車夫2　幸せのかっぱ
いとうみく
高校を中退し浅草で人力車をひく吉瀬走。陸上部時代の同級生が会いに来たり、ストーカーにあったりの日々の中、行方不明だった母親が体調を崩したという手紙が届く。（中江有里）
い-105-2

ブルーネス
伊与原　新
地震研究所を辞めた準平は、学界の異端児・武智に「津波のリアルタイム監視」計画に誘われる。個性が強すぎて組織に馴染めないはぐれ研究者たちの無謀な挑戦が始まる！（巽　好幸）
い-106-1

祈り
伊岡　瞬
東京に馴染めない楓太は、公園で信じられない光景を目にする。炊き出しを食べる中年男が箸を滑らせた瞬間——。都会の孤独な二人の人生が交差する時、心震える奇跡が。（杉江松恋）
い-107-1

赤い砂
伊岡　瞬
男が電車に飛び込んだ。検分した鑑識係など3名も相次いで自殺する。刑事の永瀬が事件の真相を追う中、大手製薬会社に脅迫状が届いた。デビュー前に書かれていた、驚異の予言的小説。
い-107-2

葉桜の季節に君を想うということ
歌野晶午
元私立探偵・成瀬将虎は、同じフィットネスクラブに通う愛子から霊感商法の調査を依頼された。その意外な顚末とは？　あらゆる賞を総なめにした現代ミステリーの最高傑作。
う-20-1

ずっとあなたが好きでした
歌野晶午
バイト先の女子高生との淡い恋、美少女の転校生へのときめき、人生の夕暮れ時の穏やかな想い……。サプライズ・ミステリーの名手が綴る恋愛小説集は、一筋縄でいくはずがない!?（大矢博子）
う-20-3

上田早夕里
薫香のカナピウム
生態系が一変した未来の地球、その熱帯雨林で少女は暮らす。ある日現われた〈巡りの者〉と、森に与えられた試練。立ち向かうことを決めた彼女たちの姿を瑞々しく描く。　（池澤春菜）
う-35-1

冲方　丁
十二人の死にたい子どもたち
安楽死をするために集まった十二人の少年少女。全員一致で決を採り実行に移されるはずのところへ、謎の十三人目の死体が!?　彼らは推理と議論を重ねて実行を目指すが。（吉田伸子）
う-36-1

冲方　丁
剣樹抄
父を殺され天涯孤独の了助は、若き水戸光國と出会う。異能の子どもたちを集めた幕府の隠密組織に加わり、江戸に火を放つ闇の組織を追う！　傑作時代エンターテインメント。（佐野元彦）
う-36-2

大沢在昌
魔女の笑窪
闇のコンサルタントとして裏社会を生きる女・水原。男を一瞬で見抜くその能力は、誰にも言えない壮絶な経験から得た代償だった。美しいヒロインが、迫りくる過去と戦う。（青木千恵）
お-32-7

大沢在昌
極悪専用
やんちゃが少し過ぎた俺は、闇のフィクサーである祖父（じい）ちゃんの差し金でマンションの管理人見習いに。だがそこは悪人専用住居だった！　ノワール×コメディの怪作。（薩田博之）
お-32-9

奥田英朗
イン・ザ・プール
プール依存症、陰茎強直症、妄想癖など、様々な病気で悩む患者が病院を訪れるも、精神科医・伊良部の暴走治療ぶりに呆れるばかり。こいつは名医か、ヤブ医者か？　シリーズ第一作。

お-38-1

奥田英朗
空中ブランコ
跳べなくなったサーカスの空中ブランコ乗り、尖端恐怖症で刃物が怖いやくざ……。おかしな症状に悩める人々を、トンデモ精神科医・伊良部一郎が救います！　爆笑必至の直木賞受賞作。

お-38-2